AF498914

Vente du Samedi 30 Novembre 1907

(HOTEL DROUOT)

CATALOGUE

DE

LIVRES MODERNES

ROMANTIQUES — ÉDITIONS ORIGINALES

D'AUTEURS CONTEMPORAINS

ESTAMPES ET VIGNETTES

DE

L'ÉCOLE ROMANTIQUE

PROVENANT DE LA BIBLIOTHÈQUE DE M. G***

PARIS

LOYS DELTEIL
2, RUE DES BEAUX-ARTS, 2

HENRI LECLERC
219, RUE SAINT-HONORÉ, 219

1907

CATALOGUE

DE

LIVRES MODERNES

ESTAMPES ET VIGNETTES

DE

L'ÉCOLE ROMANTIQUE

LA VENTE AURA LIEU

LE SAMEDI 30 NOVEMBRE 1907

A 2 HEURES PRÉCISES

HOTEL DES COMMISSAIRES-PRISEURS, 9, RUE DROUOT

Salle N° 10

Par le Ministère de M° **MAURICE DELESTRE**, Commissaire-priseur

5, RUE SAINT-GEORGES, 5

Assisté de **M. LOYS DELTEIL** (pour les Estampes et Vignettes)

2, RUE DES BEAUX-ARTS, 2

et pour les livres

de **M. HENRI LECLERC**, libraire

219, RUE SAINT-HONORÉ, 219

CONDITIONS DE LA VENTE

La vente se fait au comptant.

Les acquéreurs paieront 10 pour 100 en sus des enchères.

Les livres vendus devront être collationnés dans les vingt-quatre heures de l'adjudication. Passé ce délai, ils ne seront repris pour aucune cause.

MM. Delteil et Leclerc se réservent la faculté, dans l'intérêt de la vente, de réunir ou de diviser les numéros du catalogue. Ils rempliront les commissions qu'on voudra bien leur confier.

Les estampes pourront être examinées chez M. Delteil et les livres, chez M. Leclerc.

Vente du Samedi 30 Novembre 1907

(HOTEL DROUOT)

CATALOGUE

DE

LIVRES MODERNES

ROMANTIQUES — ÉDITIONS ORIGINALES
D'AUTEURS CONTEMPORAINS

ESTAMPES ET VIGNETTES

DE

L'ÉCOLE ROMANTIQUE

PROVENANT DE LA BIBLIOTHÈQUE DE M. G***

PARIS

LOYS DELTEIL	HENRI LECLERC
2, RUE DES BEAUX-ARTS, 2	219, RUE SAINT-HONORÉ, 219

1907

CATALOGUE

DE

LIVRES MODERNES

1. L'ÂGE DU ROMANTISME. *Paris, Ed. Monnier*, 1887, 5 livraisons in-4, figures, brochées (*Couvert. illust.*).

Célestin Nanteuil, graveur et peintre par Ph. Burty, 2 liv. — Gérard de Nerval, prosateur et poète, par M. Tourneux. — Camille Rogier, vignettiste, par Ph. Burty. — Prosper Mérimée, comédienne espagnole et chanteur illyrien, par M. Tourneux.

On y a ajouté l'affiche dessinée par *Grasset*.

2. ALBITTE (Gustave). Un Clair de lune, rêverie. *Paris, Eugène Renduel*, 1833, in-8, broché (*Couvert.*).

Édition originale.

Exemplaire auquel on a ajouté le frontispice gravé à l'eau-forte sur Chine par *Célestin Nanteuil*.

3. ALBUM DU MÉNESTREL. Collection de lithographies exécutées par nos meilleurs artistes. *Paris, publié par Jeannin, s. d.*, in-4, demi-rel. veau vert (*Couvert.*).

52 lithographies par *F. Grenier, Jules David, A. Deveria, Alophe, A. Maurin.*

4. ALCY (Georges d'). L'Oasis, par Georges d'Alcy. *Paris, L. Curmer*, 1842, pet. in-8, vignettes dans le texte, mar. rouge, fil., dent. int., tête dor., non rogné (*Ottmann*).

Édition originale.

En-têtes et culs-de-lampe gravés sur bois.

5. ARLINCOURT (vicomte d'). Les Ecorcheurs, ou l'usurpation et la peste, fragments historiques, 1418. *Paris, Eugène Renduel*, 1833, 2 vol. in 8, cartonn.

dos et coins mar. rouge, fil., dos orné, tête dor., non rognés (*Carayon*).

ÉDITION ORIGINALE, ornée de 2 frontispices de *Tony Johannot*, gravées sur bois par *Leloir* et *Thompson*.

6. ARVERS (Félix). Mes Heures perdues. *Paris, Fournier jeune*, 1833, in-8, broché (*Couvert.*).

ÉDITION ORIGINALE fort rare.

Très bel exemplaire BROCHÉ avec la couverture très fraîche. Les titre et faux-titre sont tirés sur Chine.

7. ARVERS (Félix). Mes Heures perdues, poésies, avec une introduction de Théodore de Banville. *Paris, A. Cinqualbre*, 1878, in-12, broché (*Couvert. illust. par F. Régamey*).

PAPIER DE HOLLANDE.

8. ASSELINEAU (Charles). Jean de Schelandre. *Paris, Thunot*, 1854 (EDIT. ORIG.). — Notice sur Jean de Schelandre, poëte verdunois (1585-1635). 2e édition, suivie de nouvelles Poësies. *Alençon*, 1856, in-12. — Théodore Desorgues. *Caen, Hardel*, 1862 (EDIT. ORIG.). — Ens. 3 plaq. in 12 et in-8, br.

Imprimés à petit nombre.

9. ASSELINEAU (Charles). Histoire du sonnet pour servir à l'histoire de la poésie française. *Alençon*, 1856, in-12, cartonn. dos et coins toile, non rog.

2e édition.

Un des 20 exemplaires imprimés sur PAPIER DE HOLLANDE.

10. ASSELINEAU (Charles). La double vie, nouvelles par Charles Asselineau. Le cabaret des sabliers. L'auberge. Les promesses de Timothée. Mon cousin Don Quixote. Le roman d'une dévote. Le mensonge. Etc... *Paris, Poulet-Malassis et de Broise*, 1858, in-12, frontispice par Lavieille, d'après Louis Duveau, broché (*Couvert.*).

EDITION ORIGINALE.

11. ASSELINEAU (Charles). Le Neveu de Rameau, de Diderot. Nouvelle édition, revue et corrigée, avec une introduction par Charles Asselineau. *Paris, Poulet-Malassis*, 1862. — Le Marfore de Gabriel Naudé, pari-

sien. Publié avec une introduction par le même. *Paris, Académie des bibliophiles et Bruxelles, Muquardt,* 1868, cartonn. demi-toile, tête dor., non rog. (un des 60 exemplaires imprimés sur papier vergé). — Vie de Claire-Clémence de Maillé-Brézé, princesse de Condé, 1628-1694. *Paris, L. Techener,* 1872. — Ens. 3 vol. in-12, br. et rel.

12. ASSELINEAU. L'Enfer du bibliophile, vu et décrit par Charles Asselineau. *Paris, J. Tardieu,* 1860. — Le Paradis des gens de lettres selon ce qui a été vu et entendu, par Charles Asselineau. *Paris, Poulet-Malassis,* 1862, eau-forte de Bracquemond, d'après Ch. Asselineau. — Ens. 2 vol. in-18, brochés (*Couvert.*).

Éditions originales.

13. ASSELINEAU (Charles). La Ligne brisée, histoire d'il y a trente ans. *Paris, A. Lemerre,* 1872, in-16, frontispice à l'eau-forte par Edmond Morin sur Chine. — L'Italie et Constantinople. *Paris, Lemerre,* 1869, in-12. — Ens. 2 vol., brochés (*Couvert.*).

Éditions originales.

14. ASSELINEAU (Charles). André Boulle, ébéniste de Louis XIV, 2e édition. *Alençon, Poulet-Malassis,* 1855 (tiré à 100 ex.). — Même ouvrage, 3e édition, entièrement revue et complétée par de nouveaux documents. *Paris, P. Rouquette,* 1872 (tiré à 76 ex.). — Notice sur Lazare Bruandet, peintre de l'école française, 1753-1803. *Paris, Dumoulin,* 1855, in-8 (Édit. orig. tirée à 100 ex.). — Ens. 3 plaq. in-12 et in-8, brochées (*Couvert.*).

3 plaquettes rares.

15. AUTRAN (J.). L'an 40, ballades et poésies musicales, par Joseph Autran, suivies de Marseille par Méry, avec vignettes par M. Gariot. *Marseille, Marius Lejourdan,* 1840, grand in-8, dos et coins chag. rouge, tête dor., non rog.

Edition originale, ornée de 5 lithographies.

16. BABOU (Hippolyte). Les Payens innocents, nouvelles. La Gloriette. Le curé de Minerve. Le dernier flagellant. L'Hercule chrétien. Jean de l'Ours, etc. *Paris, Poulet-*

Malassis et de Broise, 1858. — Lettres satiriques et critiques avec un défi au lecteur. *Id.*, 1860. — Ens. 2 vol. in-12, br. (*Couvert.*)

Éditions originales.

On y a joint une lettre, autographe, d'Hippolyte Babou à Ch. Asselineau, datée du jour de la St-Hippolyte ; il l'informe de sa visite pour le lendemain.

17. BANVILLE (Théodore de). Les pauvres saltimbanques. *Paris, Michel Lévy*, 1853, in-18. — Esquisses parisiennes. Scènes de la vie. *Poulet-Malassis et de Broise*, 1859. — La Comédie française racontée par un témoin de ses fautes. *Edm. Albert*, 1863. — Mes souvenirs. *Charpentier*, 1882. — Ens. 4 vol. in-18 et in-12, brochés (*Couvert.*).

Éditions originales.

18. BANVILLE (Théodore de). Odes funambulesques, avec un frontispice gravé à l'eau-forte par Bracquemond d'après un dessin de Charles Voillemot. *Alençon, Poulet-Malassis et de Broise*, 1857, in-12, frontispice et planche de musique pour les « Triolets », broché (*Couvert.*).

Édition originale.
Exemplaire très frais.

19. BANVILLE (Théodore de). Poésies, 1841-1854. *Paris, Poulet-Malassis*, 1857, in-12, titre-frontispice gravé à l'eau-forte par Louis Duveau, broché (*Couvert.*).

Première édition collective.

Exemplaire avec la date de 1857 sur le titre-frontispice et celle de 1858 sur la couverture qui est jaune. Le frontispice est en double état.

20. BANVILLE (Théodore de). Paris et le nouveau Louvre, ode. *Paris, Poulet-Malassis et de Broise*, juin 1857 (Edit. orig.). — Odes funambulesques, 2e édition, précédée d'une lettre de Victor Hugo, de stances par A. Vacquerie et d'une lettre à Th. de Banville par Hippolyte Babou. *Michel Lévy*, 1859. — Etudes lyriques. Nouvelles odes funambulesques. *A. Lemerre*, 1869, frontispice (Edit. orig.). — Théophile Gautier, ode. *Id.*, 1872, pet. in-12, cartonn. toile, non rog. (Edit. orig.). — Ens. 4 vol. in-12, br. et rel. (*Couvert.*).

21. BANVILLE (Théodore de). Nice française, scène lyrique. Le vœu de Nice, ode. Le Vingt Avril, stances d'anniversaire récitées sur le Théâtre français de Nice, par Mademoiselle Marie Daubrun. *Nice, imprimerie Suchet fils, 11 juin* 1860, in-8 de 24 pag., broché.

ÉDITION ORIGINALE, rare.

22. BANVILLE (Théodore de). Améthystes, nouvelles odelettes amoureuses composées sur des rythmes de Ronsard. *Paris, Poulet-Malassis,* 1862, in-16, broché (*Couvert.*).

ÉDITION ORIGINALE.

23. BANVILLE (Théodore de). Théâtre. 4 vol. in-12 et in-8, brochés (*Couvert.*).

Diane au bois, comédie héroïque en deux actes, en vers. *Paris, Michel Lévy,* 1864. — Riquet à la Houppe, comédie féerique. Avec un dessin de G. Rochegrosse, gravé par F. Méaulle. *Charpentier,* 1884 (Envoi de Th. de Banville à Edm. de Goncourt). — Le Forgeron, scènes héroïques. *M. Dreyfous,* 1887 (Imprimé à petit nombre), in-8. — Le Baiser, comédie. Musique de Paul Vidal. Dessin de Georges Rochegrosse. *Charpentier,* 1888.

ÉDITIONS ORIGINALES.

24. BANVILLE (Théodore de). Les Camées parisiens. Frontispice avec portraits à l'eau-forte de Ulm. *Paris, René Pincebourde,* 1866-73, 3 vol. in-12, brochés (*Couvert.*).

ÉDITION ORIGINALE.

25. BAOUR-LORMIAN. Légendes, ballades et fabliaux. *Paris, Delangle frères,* 1829, 2 vol. in-16, cartonn. dos et coins toile bleue, tête dor., non rognés, couvertures (*Carayon*).

ÉDITION ORIGINALE, ornée de vignettes de *Deveria,* gravées sur bois, en tête de chaque pièce.

26. BARBÉ (Benjamin). Tiphaine. Avec une préface par Alexandre Dumas fils. *Paris, Calmann Lévy,* 1880, pet. in-8 carré, mar. vert, fil., très large dentelle à petits fers XVIIIe siècle, dos orné, dent. int., tête dor., non rog.

Un des 35 exemplaires imprimés sur PAPIER WHATMANN.

27. BARBEY D'AUREVILLY. Le Chevalier des Touches. *Paris, Michel Lévy frères*, 1864, in-12, dos et et coins mar. bleu, fil., dos orné, tête dor., non rogné (*Couvert.*).

Édition originale.
Exemplaire auquel on a ajouté la suite des 6 eaux-fortes de *Félix Buhot*, avant la lettre sur Chine (édit. Lemerre).

28. BARBEY D'AUREVILLY. Les Diaboliques. *Paris, E. Dentu*, 1874, in-12, cartonn. dos et coins toile rouge, non rogné (*Couvert.*).

Édition originale.
La couverture porte *deuxième édition.*

29. BARBEY D'AUREVILLY. L'Ensorcelée. *Paris, Librairie nouvelle*, 1859.— Les Prophètes du passé. *Lib. nouvelle*, 1860. — Les vieilles actrices. Le Musée des antiques. *Chacornac*, 1889, cartonn. demi-toile, non rog. — Ens. 3 vol. in-12, br. et rel. (*Couvert.*).

30. BARBIER (A.). Iambes, par Auguste Barbier. *Paris, Urbain Canel et Ad. Guyot*, 1832, in-8, cartonn. demi-toile verte, non rogné (*Couvert.*).

Édition originale.

31. BAUDELAIRE. Les Fleurs du Mal, par Charles Baudelaire. *Paris, Poulet-Malassis et de Broise*, 1857, in-12, broché (*Couvert.*).

Bel exemplaire de l'Édition originale.
On y a joint :
1° Le frontispice des *Épaves* par *Rops* sur Chine, avec l'explication imprimée ;
2° Une lettre (1 page in-8) autographe de Baudelaire. Il remercie une dame qui s'informe de sa santé. « J'ai eu de nouvelles crises dont une chez le médecin qui prétend que tout cela est purement nerveux et hystérique » ;
3° Une invitation à l'inauguration du monument funéraire de Baudelaire.

32. BAUDELAIRE (Charles). Les Fleurs du Mal. Seconde édition, augmentée de trente-cinq poèmes nouveaux et ornée d'un portrait de l'auteur dessiné et gravé par Bracquemond. *Paris, Poulet-Malassis et de Broise*, 1861, in-12, broché (*Couvert.*).

Bel exemplaire.

33. BAUDELAIRE (Charles). Théophile Gautier. Notice littéraire, précédée d'une lettre de Victor Hugo. *Paris, Poulet-Malassis et de Broise,* 1859, in-12, frontispice avec portrait-médaillon, par Thérond, broché (*Couvert.*).

Édition originale.

34. BAUDELAIRE (Charles). Richard Wagner et Tannhauser à Paris. *Paris, E. Dentu,* 1861, in-12, broché (*Couvert.*).

Extrait de la *Revue européenne* où l'opuscule parut pour la première fois.

35. BAUDELAIRE. Les Épaves, par Charles Baudelaire Avec une eau-forte frontispice de Félicien Rops. *Amsterdam, à l'enseigne du Coq,* 1866, in-12, papier de Holl., frontispice sur Chine, broché.

Édition originale.

36. BAUDELAIRE (Charles). Souvenirs. Correspondances. Bibliographie, suivie de pièces inédites. *Paris, René Pincebourde,* 1872, in-12, tiré in-8, broché (*Couvert.*).

Exemplaire imprimé sur grand papier vergé.

37. BAUDELAIRE. Correspondance. Biographie. 4 vol. in-8 et in-12, brochés (*Couvert.*).

Baudelaire (Ch.). Œuvres posthumes et correspondances inédites, précédées d'une étude biographique, par Eugène Crépet. Portrait et fac-simile de Ch. Baudelaire. *Paris, Quantin,* 1887, in-8. — Asselineau (Ch.). Charles Baudelaire. Sa vie et son œuvre. *Lemerre,* 1869, portraits. (On y a joint une lettre d'Asselineau à Desnoyers.) — Charavay (Ét.). A. de Vigny et Charles Baudelaire, candidats à l'Académie française. *Charavay,* 1879. — La Filezière (A. de) et Decaux (Georges). Charles Baudelaire. *Académie des bibliophiles,* 1868.

38. BEAUCHESNE (A. de). Souvenirs poétiques. Troisième édition, revue, corrigée et augmentée d'un livre nouveau. *Paris, A. Guyot, G. Dentu,* 1834, in-8, titre orné d'une vignette de Tony Johannot, broché (*Couvert. illust.*).

Bel exemplaire.

39. BEAUVOIR (Roger de). L'Écolier de Cluny, ou le so-

phisme, 1315. *Paris, H. Fournier jeune*, 1832, in-8, broché (*Couvert.*).

Édition originale, très rare. Exemplaire de Champfleury.
Vignette sur le titre et frontispice de *Tony Johannot* gravés sur bois par *Porret*, le frontispice est tiré sur Chine Les deux figures sont reproduites dans les *Vignettes romantiques* de Champfleury.

40. BEAUVOIR (Roger de) La Cape et l'Épée, par Roger de Beauvoir, auteur de l'Écolier de Cluny, etc., etc., avec une gravure sur acier, par Célestin Nanteuil. *Paris, Suau de Varennes et Cie*, 1837, in-8, broché (*Couvert.*).

Édition originale.
Au verso du frontispice : *Hommage fraternel à M. U. Guttinguer* R. de Beauvoir.
On y a joint une lettre autographe de Roger de Beauvoir à Merle, il demande à celui-ci une loge au Théâtre-Français pour y voir jouer Molière.

41. BERGERAT (Émile). L'Espagnole. Illustrations de Daniel Vierge, gravées sur bois par Clément Bellenger. *Paris, L. Conquet*, 1891, in-16, broché (*Couvert. illust.*).

Un des 350 exemplaires imprimés sur papier vélin.

42. BERTRAND (Louis). Gaspard de la nuit. Fantaisies à la manière de Rembrandt et de Callot, par Louis Bertrand, précédé d'une notice par M. Sainte-Beuve, *Angers, V. Pavie*, 1842, in-8, cartonn. dos et coins toile verte.

Édition originale.

43. BERTRAND (Louis) Gaspard de la nuit. Fantaisies à la manière de Rembrandt et de Callot. Nouvelle édition, augmentée de pièces en prose et en vers, tirées des journaux et recueils littéraires du temps et précédée d'une introduction par M. Charles Asselineau. *Paris, R. Pincebourde, Bruxelles, C. Muquardt*, 1868, in-8, papier de Hollande, broché (*Couvert.*).

Seconde édition, ornée d'un frontispice de *F. Rops*, tiré sur Chine.

44. BIBLIOTHÈQUE ORIGINALE (De la). *Paris, René Pincebourde*, 1864-1866, 8 vol. in-16, eaux-fortes de Ulm, Staal, Ed. Morin, brochés (*Couvert.*).

Fréron, ou l'illustre critique., par Ch. Monselet, 1864. — Les Mystifications de Caillot-Duval. Introduction et éclaircissements par Lorédan Larchey, 1864. — La Vérité sur la mort d'Alexandre le Grand, par E. Littré. — La Mort de César, par Nicolas de Damas, 1865. — Petrus Borel, le lycanthrope, par J. Claretie, 1865. — Correspondance inédite de l'armée d'Égypte interceptée par la croisière anglaise. Introduction et notes par Lorédan Larchey, 1866. — L'Histoire du sieur abbé comte de Bucquoy, singulièrement son évasion du For-l'Évêque et de la Bastille, par Mme Du Noyer, 1866. — Béranger et son temps, par Jules Janin, 1866, 2 vol.

45. BONNELIER (Hippolyte). Nostradamus. Orné de deux gravures à l'eau-forte par Boisselat. *A la librairie d'Abel Ledoux, Paris,* 1833, 2 tom. en 1 vol. in-8, demi-rel. chag. noir, non rogné.

ÉDITION ORIGINALE.
Sur le faux titre :
Hommage de l'auteur à S. Ex. Monsieur le ministre de l'Instruction publique.

HIPPOLYTE BONNELIER.

46. BOREL (Petrus). Rhapsodies. *Paris, Levavasseur,* 1832, in-16, figures, mar. rouge à longs grains, comp. de fil. droits et courbes, dos orné, fil. int., tête dor., non rogné, couverture (*Champs*).

ÉDITION ORIGINALE.
Bel exemplaire contenant le frontispice à la manière noire, non signé, de *J. Bouchardy* et les 2 vignettes lithographiées signées *T Napol.* (Napoléon Thomas).

47. BOREL (Petrus). Rhapsodies. Avec une eau-forte d'Adrien Aubry. Réimprimé sur l'édition de Paris, 1832. *Bruxelles, A. Brancart,* 1884. — Petrus Borel le lycanthrope. Sa vie, ses écrits, par J. Claretie. Frontispice à l'eau-forte de Ulm. *Paris, Pincebourde,* 1865, cartonn. demi-toile (un des 15 ex. impr. sur pap. de Chine, contenant l'eau-forte en 4 états, dont 3 sur Chine, noir, bistre et sanguine. — Ens. 2 vol. in-16, br. et rel.

48. BOREL (Petrus). Champavert, contes immoraux, par Petrus Borel, le lycanthrope. *Paris, Eugène Renduel,* 1833, in-8, titre orné d'une vignette de Jean Gigoux gravée par Godard, cartonn. dos et coins mar. gren., tête dor., non rogné.

ÉDITION ORIGINALE.
Les pages 1 à 52 sont un peu plus courtes.

49. BOREL (Petrus). Robinson Crusoé, par Daniel de Foë. Traduction de Petrus Borel. Enrichi de la vie de Daniel de Foë, par Philarète Chasles ; de notices sur le matelot Selkirk, sur Saint-Hyacinthe, sur l'île de Juan-Fernandez, sur les Caraïbes et les Puelches, par Ferdinand Denis, et d'une dissertation religieuse, par l'abbé La Bouderie. Orné de 250 gravures sur bois. *Paris, Francisque Borel et Alexandre Varenne*, 1836, 2 vol. in-8, demi-rel. veau bleu.

Les figures sont dans le texte, elles sont gravées sur bois par *A Best, Porret, Belhatte, Célestin Nanteuil, Boulanger, Deveria, Marville*, etc., etc.

50. BOREL (Petrus). Madame Putiphar, par Petrus Borel (le Lycanthrope). *Paris, Ollivier*, 1839, 2 vol. in-8, frontispices sur Chine dont l'un signé L. B. (Louis Boulanger), mar. vert, jans., dent. int., tr. dor. (*Rapartier*).

Exemplaire de Théophile Gautier, dont il porte l'ex-libris.

On y a joint 1° un portrait de Petrus Borel par *Célestin Nanteuil* d'après *L. Boulanger*.

2° Une lettre de Petrus Borel à son frère qu'il invite à un « fricot général » à Asnières; elle est écrite et datée d'Asnières, 29 août 1842.

51. BOULANGER (Louis). Lettre autographe, sig., à A. Dumas, non datée, 1 page in-12.

Lettre intime.

52. BOULAY-PATY (Évariste). Élie Mariaker. *Paris, Henri Dupuy*, 1834, in-8, frontispice gravé à l'eau-forte par Boisselat, dos et coins mar. vert, tête dor., non rogné (*Reymann*).

Édition originale.

On y a joint une lettre, autographe (1 page in-8), de Boulay-Paty à un de ses amis, journaliste, pour le prier d'insérer dans son journal qu'il est nommé chevalier de la Légion d'honneur, distinction due à ses « Odes ».

53. CHAMPFLEURY. La Mascarade de la vie parisienne. *Paris, Librairie nouvelle*, 1861, in-12. — Œuvres illustrées. Les Aventures de Mademoiselle Mariette. Avec quatre eaux-fortes dessinées et gravées par Morin.

Poulet-Malassis, 1862, in-12. — Balzac au Collège Avec une vue dessinée d'après nature par A. Queyroy. *A. Patay*, 1878, in-18 (Édition originale). — Le drame amoureux de Célestin Nanteuil, d'après des lettres inédites adressées à Marie Dorval. Avec un portrait d'Alphonse Karr dessiné au crayon par Célestin Nanteuil. *Dentu*, 1887, gr. in-8. — Ens. 4 vol. brochés (*Couvert.*).

54. CHANTS D'AUTREFOIS. Musique de Victor Massé. Dessins de Célestin Nanteuil et Mouilleron. *Paris, Edmond Mayaud, s. d.*, in-4, broché (*Couvert.*).

Frontispice et 10 lithographies de *C. Nanteuil* et *Mouilleron*.

55. CHAUMIER (Siméon). La Tavernière de la Cité. *Paris, P. Baudouin*, 1835, in-8, demi-rel. veau br. — Les Dithyrambes. *A. Le Gallois*, 1840. Avec le portrait, (qui manque souvent). — Les Auréoles. *P. Baudouin*, 1841. — Ens. 3 vol. in-8, brochés (avec les couvertures) et rel.

Éditions originales.

La *Tavernière* porte, au verso du faux titre, cet envoi :

A ma belle-sœur Césarine.
Temoignage de bonne et vieille amitié durable.
A toi aussi frère, cœur et âme et toujours.
L'auteur,
S. Chaumier

56. CHENNEVIÈRES (Philippe de). Les derniers contes de Jean de Falaise. Avec une eau-forte de Jules Buisson. *Paris, Poulet-Malassis et de Broise*, 1860, in-12, broché (*Couvert.*).

Édition originale.

57. CHEVIGNÉ (comte de). Les Contes rémois. Dessins de E. Meissonier. Troisième édition. *Paris, Michel Lévy*, 1858, in-12, portrait de l'auteur par Meissonier et S. Lavalette, gravés par Buland, mar. vert, fil., dos orné, dent. int., tr. dor. (*Bouillet*).

Premier tirage.

On y a ajouté :

1° Un portrait de Chevigné par *L. Flameng*.

2° Le portrait du même gravé par *Buland* d'après *Foulquier*, épreuve sur Chine.

3° La suite des 6 figures de *Worms*, avant la lettre.

58 CHEVILLARD (Valbert). Un Peintre romantique, Théodore Chassériau. Avec une eau-forte de Bracquemond. *Paris, A. Lemerre*, 1893, in-8, broché (*Couvert.*).

3 portraits, outre l'eau-forte de Bracquemond, et 3 fac-simile.

59. CORBIÈRE (Tristan). Les Amours jaunes. — Ça. — Les Amours jaunes. — Raccrocs. — Sérénade des sérénades. — Armor. — Les Gens de mer. — Rondels pour après. *Paris, Glady frères*, 1873, in-12, papier de Hollande, eau-forte par Tristan Corbière, broché (*Couvert.*).

Édition originale devenue rare.

Verlaine parlant de ce livre dans ses *Poètes maudits* le donne comme introuvable ou presque.

60. DARGAUD. Solitude, par J.-M. Dargaud. *Paris, Paulin*, 1833, in-8, titre orné d'une vignette de Tellier, gravée par Porret, broché.

Édition originale.

61. DAUBIGNY (Karl). Lettre autographe, sig., à Delatre, datée du 26 octobre 1855. 1/2 pag. in 12.

Il invite celui-ci à son atelier pour le lendemain à 2 heures et demie : « nous causerons du Voyage en bottin. »

62. DAUDET (Alphonse). Romans, 11 vol. in-12 et in-8, br. (*Couvert.*).

Le Nabab. *Charpentier*, 1878. — Lettres de mon moulin. Edition définitive. *Id.*, *s.d.* — Fromont jeune et Risler aîné. *Id.*, 1880. — Les Rois en exil. *Dentu*, 1881. — Aventures prodigieuses de Tartarin de Tarascon. *Id.*, 1882. — Tartarin sur les Alpes. Aquarelles de Aranda, Beaumont, Montenard, Myrbach, Rossi. *Calmann Lévy*, 1885, in-8. — Trente ans de Paris. *Flammarion*, 1888. Illustré par Bieler, Montégut, etc. — L'Immortel. *Lemerre*, 1890. Illustrations de Bieler, Montégut, etc. — Rose et Ninette. Frontispice de Marold. *Flammarion*, 1892. — Port Tarascon. Illustrations de Bieler, Montégut, Myrbach, etc., *Id.*, *s. d.* — La Petite Paroisse. *Lemerre*, 1895.

63. DAUDET (Alphonse). Sapho, mœurs parisiennes. *Paris, Charpentier*, 1884, in-12, broché (*Couvert.*).

Edition originale.

64. DAVIN (Félix). Le Crapaud, roman espagnol, 1823. *Paris, L. Mame Delaunay*, *s. d.* (1832), 2 vol. in-8,

titres ornés de vignettes par Becœur, gravés sur bois par Sophie R. et Cherrier, brochés (*Couvert. illust.*).

Édition originale d'un romantique rare.

65. DELAROA (Joseph). Les Patenotres d'un surnuméraire; conseils d'un grand oncle recueillis et mis en lumière par Joseph Delaroa. *Lyon, L. Perrin*, 1860, in-32, broché (*Couvert.*).

Édition originale.
Sur le faux-titre :
A une petite bonne chatte F. Ch.
son ami.
J. D.

66. DELVAU (Alfred). Grandeur et décadence des grisettes. *Paris, A. Desloges*, 1848, in-18, figures, broché (*Couvert.*).

Figures sur bois dans le texte par *Birouste, E. Lacoste*, etc.
Édition originale, rare.

67. DELVAU (Alfred). Mémoires d'un vieu sou, par Alfred Delvau et Pierre Bry. *Edition J. Bry*, 1859. — Les Chimères. *Id.*, 1859. — Aventures d'un ver luisant. Histoire d'un garçon de bonne foi par Johanna et Gottfried Kinkel. Traduction d'Alfred Delvau. Edition illustrée par Bocourt. *Id.*, 1859. — Le petit homme rouge de la place de Grève. *Id.*, 1861. — Ens. 4 vol. in-4, brochés (*Couvert. illustr.*).

Éditions originales.

68. DELVAU (Alfred). Histoire anecdotique des cafés et cabarets de Paris. Avec dessins et eaux-fortes de Gustave Courbet, Léopold Flameng et Félicien Rops. *Paris, E. Dentu*, 1862, in-12, front. et vignettes, broché (*Couvert.*).

Édition originale.

69. DELVAU (Alfred). Les Cythères parisiennes. Histoire anecdotique des bals de Paris. Avec 24 eaux-fortes et un frontispice de Félicien Rops et Emile Thérond. *Paris, E. Dentu*, 1864, in-12, frontispice et vignettes, broché (*Couvert.*).

Édition originale.
Bel exemplaire.

70. DELVAU (Alfred). Histoire anecdotique des barrières de Paris. Avec 10 eaux-fortes par Emile Thérond. *Paris, E. Dentu,* 1865, in-12, broché (*Couvert.*).

Édition originale.

71. DELVAU (Alfred). Françoise, chapitre inédit de l'histoire des quatre sergents de la Rochelle. Avec une eau-forte d'Emile Thérond. *Paris, A. Faure,* 1865, in-32, broché (*Couvert.*).

Édition originale.

Cet exemplaire contient le frontispice en double état, noir et sanguine.

72. DELVAU (Alfred). Mémoires d'une honnête fille. Avec le portrait de l'auteur par G. Stall. *Paris, A. Faure,* 1866, in-12, broché (*Couvert.*).

On y a ajouté le portrait gravé par *Ch. Carey*, qui ne fut pas employé sous le prétexte qu'il ressemblait à l'Impératrice Eugénie.

73. DELVAU (Alfred). Le grand et le petit trottoir. *Paris, A. Faure,* 1866, in-12, broché (*Couvert.*).

Édition originale.

Exemplaire, contenant le frontispice de *F. Rops* (dont il n'a été tiré que quelques exemplaires) en trois états : sur Chine, noir, bistre et sanguine.

74. DELVAU (Alfred). Les Heures parisiennes. 25 eaux-fortes d'Emile Benassit. *Paris, Librairie centrale,* 1866, in-12, broché (*Couvert.*).

Édition originale.

On y a joint l'Appendice-Histoire du livre d'Alfred Delvau, intitulé *Heures parisiennes*, accompagné de trois lettres d'Alfred Delvau, d'un beau portrait de Delvau, gravé à l'eau-forte par H. Valentin et suivie de la réimpression des sept cartons de textes supprimés par un censeur occulte, placés en regard des textes substitués. *Id.*, 1872, broch. in-12.

75. DELVAU (Alfred). Les Sonneurs de sonnets, 1540-1866. *Paris, Bachelin-Deflorenne,* 1867, in-32, papier vergé, broché (*Couvert.*).

Édition originale.

76. DELVAU (Alfred). Les Plaisirs de Paris, guide pratique et illustré, par Alfred Delvau. *Paris, A. Faure,* 1867, in-18, broché (*Couvert. illust.*).

Édition originale.

77. DELVAU (Alfred). Dictionnaire de la langue verte. Argots parisiens comparés. *Paris, E. Dentu,* 1867, in-12, broché (*Couvert.*).

Seconde édition, augmentée.

78. DELVAU (Alfred). 5 vol. in-12, brochés (*Couvert.*).

Les dessous de Paris. Avec une eau-forte de Léopold Flameng. *Paris, Poulet-Malassis et de Broise,* 1860 (le frontispice manque, comme à beaucoup d'exempl.) — Du pont des Arts au pont de Kehl (Reisebilder d'un parisien) Avec un frontispice par Emile Benassit. *A. Faure,* 1866. — Les Lions du jour. Physionomies parisiennes. *E. Dentu,* 1867 (*Couvert. illust.*).— Au bord de la Bièvre. Impressions et souvenirs. Avec une bibliographie des ouvrages de l'auteur. *Pincebourde,* 1873, frontispice.

Éditions originales sauf « *la Bièvre* ».

79. DELVAU (Alfred). 5 vol. in-12, brochés (*Couvert.*).

Lettres de Junius. *Paris. E. Dentu,* 1862. — Le Junius. Chronique des deux mondes, n° 1, mai 1862. *Id.,* 1862. — Les Amours buissonnières. *Id., s. d.* (1863). — Le fumier d'Ennius. Avec une eau-forte de Léopold Flameng. *Id.,* 1865 (La couvert., non datée, porte 2e édition). — A la porte du Paradis. Ma première leçon de boxe. Je me tuerai demain. Feu André-André. L'héritier du mandarin, etc. *A. Faure,* 1867.

Éditions originales.

80. DEMOLDER (Eugène). Félicien Rops. Étude patronymique. — Avec quelques reproductions brutales de devises inédites de Rops. *Paris, René Pincebourde,* 1894, gr. in-8, broché (*Couvert.*).

Un des 50 exemplaires imprimés sur papier du Japon, contenant 10 reproductions de devises, tirées sur Chine.

81. DESCHAMPS (Emile). Etudes françaises et étrangères. 4e édition, corrigée et augmentée de huit pièces nouvelles. *Paris, Levasseur, Urbain Canel,* 1829, in-8, dos et coins mar. bleu, fil., dos orné, tête dor., non rog. (*Raparlier*).

Les *poèmes* sont précédés de la préface sur le romantisme.
Bel exemplaire.

82. DESNOYERS (Fernand). Le Théâtre de Polichinelle. prologue en vers par Fernand Desnoyers, pour l'ouverture du théâtre de marionnettes dans le jardin des

Tuileries, 1861. *Paris, Poulet-Malassis et de Broise*, 1861, in-8 carré, broché (*Couvert. illustrée*).

Édition originale, ornée d'un curieux frontispice gravé à l'eau-forte par *A. Legros*.

83. DESNOYERS (Fernand). Chansons parisiennes. *Paris, E. Pick de l'Isère*, 1865, 72 p.— Le Vin. Vers fantasques. La Campagne. *Alcan-Lévy*, 1869, 72 p., portrait de F. Desnoyers, gravé à l'eau-forte par Faure-Dujarric. — Ens. 2 vol. in-18, brochés (*Couvert.*).

Éditions originales.

84. DESNOYERS (Fernand). Le Vin. Vers fantasques. La Campagne. *Paris, Alcan-Lévy*, 1869, 72 p., portrait de F. Desnoyers, gravé à l'eau-forte par Faure-Dujarric. — Chansons parisiennes. *Paris, E. Pick de l'Isère*, 72 p. — Le Bras noir, pantomime en vers, dessin d'après Courbet. *Librairie théâtrale*, 1856, 36 p. (on y a joint une charge du frontispice). — Le Théâtre de Polichinelle, prologue en vers pour l'ouverture du Théâtre de Marionnettes dans le jardin des Tuileries, 1861. *Poulet-Malassis et de Broise*, 1861, 34 p., frontispice à l'eau-forte par Legros. — Ens. 4 plaq. en 1 vol. in-18, dos et coins mar. vert, fil., dos orné, tête dor., non rog. (*Couvertures*).

Éditions originales.

85. DIXAINS RÉALISTES, par divers auteurs. *Paris, Librairie de l'eau-forte, s. d.* (1876), pet. in-4 oblong, eau-forte non signée, cartonn. dos et coins toile, tête dor., ébarbé, couverture (*Carayon*).

Les poésies sont de Nina de Villard, Ch. Cros, Jean Richepin, Antoine Cros, M. Rollinat, Germain Nouveau, Auguste de Chatillon, Hector l'Estraz et Charles Frémine.
Edition tirée à 150 exemplaires.

86. DOVALLE. Le Sylphe, poésies de feu Ch. Dovalle, précédées d'une notice par M. Louvet et d'une préface par Victor Hugo. *Paris, Ladvocat*, 1830, in-8, dos et coins mar. rouge, fil., dos orné, tête dor. (*Raparlier*).

Édition originale.

87. DROUINEAU. Le Manuscrit vert. *Paris, Ch. Gosselin*, 1832, 2 vol. in-8, dos et coins mar. rouge, fil., dos

orné, tête dor., non rognés, couvertures illustrées (*Armand*).

Très bel exemplaire. 2 vignettes frontispices de *Tony Johannot*, gravées sur bois et tirées sur Chine, elles sont répétées sur les couvertures.

88. DROUINEAU (Gustave). Les Ombrages, contes spiritualistes. *Paris, Ch. Gosselin*, 1833, in 8, dos et coins mar. vert, tête dor., non rog.

Frontispice de *Tony Johannot*, gravé sur bois par *Porret*.

89. DU CAMP (Maxime). En Hollande. Lettres à un ami, suivies des catalogues des musées de Rotterdam, La Haye et Amsterdam. *Paris, Poulet-Malassis et de Broise*, 1859, in-12, broché (*Couvert.*).

Édition originale.

90. DUMAS (Alexandre). Angèle, drame en cinq actes par Alexandre Dumas et Anicet Bourgeois. *Paris, Charpentier*, 1834, in-8, frontispice à l'eau-forte de Célestin Nanteuil, cartonn. dos et coins mar. citron, tête dor., non rogné (*Pouillet*).

Édition originale, très rare avec le nom d'Anicet Bourgeois qui a collaboré à la pièce.

91. DUMAS (Alexandre). Angèle, drame en cinq actes, par Alexandre Dumas. *Paris, Charpentier*, 1834, in-8, frontispice de Célestin Nanteuil, dos et coins mar. bleu, fil., tête dor., non rogné (*Couvert.*).

Édition originale, avec le nom seul d'Alexandre Dumas.

92. DUMAS (Alexandre). Histoire d'un casse-noisette. Illustré par Bertall. *Paris, J. Hetzel*, 1845, 2 tom. en 1 vol. pet. in-8, demi-rel. veau fauve.

Édition originale.

93. DURANTY (Edmond). Le malheur d'Henriette Gérard, par Duranty. Avec quatre eaux-fortes d'Alphonse Legros. *Paris, Poulet-Malassis et de Broise*, 1861, in-12, broché (*Couvert.*).

Édition originale.
Exemplaire contenant les 4 figures. Rare.
Le titre porte la date 1861, et la couverture celle de 1860.

94. EGGIS (Etienne). En causant avec la lune, poésies.

Paris, Ch. Parisse, 1851. — Voyages aux pays du cœur. *Michel Lévy*, 1853. — Ens. 2 vol. in-12, brochés (*Couvert.*).

ÉDITIONS ORIGINALES, rares.

95. FORNERET (Xavier). Vapeurs, ni vers ni prose, par Xavier Forneret, auteur de l'Homme noir, etc. *Paris, E. Duverger*, 1838, in-8, broché (*Couvert.*).

ÉDITION ORIGINALE.
Bel exemplaire.

96. FORNERET (Xavier). Pièce de pièces, temps perdu, par Xavier Forneret, auteur de Deux Destinées, etc. *Paris, E. Duverger*, 1840, in-8 de 302 ff., broché (*Couvert.*).

ÉDITION ORIGINALE ; les feuillets ne sont imprimés que d'un seul côté.

Bel exemplaire d'une curiosité romantique et typographique « Nouvelles intitulées : A la brune, ou un pauvre du soir. — Un crétin et sa harpe. — Un œil entre deux yeux, etc. etc. Dans cette dernière nouvelle, un amant se suicide en avalant l'œil de verre de sa maîtresse. » — Catalogue Monselet.

97. FORNERET (Xavier). Ombres de poésie. *Paris, chez Dumas*, 1860, in-8, broché (*Couvert.*).

ÉDITION ORIGINALE.
Bel exemplaire.

98. FOUCHER (Paul). Saynètes. *Paris, Lecointe et Pougin*, 1834, in-8, broché (*Couvert.*).

Seconde édition.
La couverture porte la suscription et la date de l'édition originale.

99. FOURNIER (Edouard). Histoire de la butte des Moulins suivie d'une étude historique sur les demeures de Corneille à Paris (Hotel de Guise. Rue de Cléry. Rue d'Argenteuil). Avec deux vues de la butte en 1551 et 1652. *Paris, F. Henry et J. Lépin*, 1877, in-12 (imp. sur PAPIER DE CHINE). — L'Esprit des autres, recueilli et raconté par le même. *Id.*, 1881, in-12. — Paris démoli. Nouvelle édition, revue et augmentée, avec une préface par Théophile Gautier. *E. Dentu*, 1883, in-18. — Histoire du Pont-Neuf. *Id.*, *s. d.*, 2 vol. in-12 (ÉDITION ORIGINALE). — Ens. 5 vol. pet. in-12, brochés (*Couvert.*).

100. GAUTIER (Théophile). Manuscrit de son article nécrologique sur Hector Berlioz.

Manuscrit autographe comprenant 170 lignes très compactes.

101. GAUTIER (Théophile). Poésies. *Paris, Ch. Mary, Rignoux*, 1830, pet. in-18 de 2 ff. pour les faux-titre et titre et 192 p., cartonn., dos et coins toile rose (*Pierson*).

Édition originale.

102. GAUTIER (Théophile). Albertus, ou l'âme et le péché, légende théologique, par Théophile Gautier. *Paris, Paulin*, 1833, in-18, veau rouge, comp. de fil., milieu orné à froid, dos orné (*Rel. de l'époque*).

Édition originale ornée d'un joli frontispice de *Célestin Nanteuil*, gravé à l'eau-forte.

103. GAUTIER (Théophile). Les Jeunes France, romans goguenards, par Théophile Gautier. *Paris, Eugène Renduel*, 1833, in-8, frontispice à l'eau-forte, par Célestin Nanteuil, en feuilles (*Couvert.*).

Édition originale.

Exemplaire, non rogné, préparé pour la reliure et lavé ; la couverture est réparée.

104. GAUTIER (Théophile). Les Jeunes France, romans goguenards. Sous la table. Onuphrius. Daniel Jovard. Celle-ci et celle-là. Elias Wildmanstadius. Le bol de punch. *Bruxelles, chez tous les libraires*, 1866, in-12, dos et coins mar. brun, tête dor., non rogné.

Troisième édition, ornée d'un frontispice de *Félicien Rops*. Celui-ci est tiré sur une planche d'un ouvrage relatif aux insectes.

105. GAUTIER (Théophile). François Villon. *France littéraire*, 1834 (Extrait de cette Revue) [On y a joint 2 fac-simile de fig. sur bois]. — Le Palais Pompéien. Études sur la maison gréco-romaine, ancienne résidence du prince Napoléon, par Théophile Gautier, Arsène Houssaye, Charles Coligny. *Paris, au palais pompeien, s. d.*, 1866, gr. in-8 de 32 pag., br. (*Couvert.*) [On y a joint 2 figures de Laguillermie, et de Flameng]. — Ens. 2 plaq.

106. GAUTIER (Théophile). Emaux et camées. Seconde

édition, augmentée. *Paris, Poulet-Malassis et de Broise*, 1858, in 12, dos et coins mar. orange, fil., dos orné, tête dor., non rogné (*David*).

Cette édition est la troisième, elle est ornée d'un frontispice gravé à l'eau-forte par *Thérond*.

107. GAUTIER (Théophile). Honoré de Balzac. Édition revue et augmentée, avec un portrait gravé à l'eau-forte par E. Hédouin. *Paris, Poulet-Malassis et de Broise*, 1859, in-12, port. et fac-simile, broché (*Couvert.*).

Première édition française.

108. GAUTIER (Théophile). Poésies qui ne figureront pas dans ses œuvres, précédées d'une auto-biographie et ornées d'un portrait singulier. *France, imprimerie particulière*, 1873 (*Bruxelles, impr. J.-H. Briard*), in-12, demi-rel. chag. vert, dos orné, tête dor., non rogné (*Couvert.*).

Édition originale.
Un des 150 exemplaires imprimés sur papier de Hollande, avec portrait sur Chine.

109. GAUTIER (Théophile). Théâtre. 6 vol. et brochures in-8 et in-12, br. (*Couvert.*).

Giselle, ou les Willis, ballet-fantastique en deux actes, par MM. de Saint-Georges, Th. Gautier et Coraly. Musique de M. Adolphe Adam. Décorations de M. Ciceri. *Paris*, Vve *Jonas*, 1841. — La Péri, ballet fantastique en 2 actes, par MM. Th. Gautier et Coralli. Musique de M. Burgmuller... *Id.*, 1845. — Regardez, mais ne touchez pas, comédie de cape et d'épée, par MM. Th. Gautier et B. Lopez. *Michel Lévy*, 1847, in-12. — Pierrot posthume, arlequinade en un acte et en vers, par MM. P. Siraudin et Th. Gautier. *Beck*, 1847. — Pâquerette, ballet-pantomine en 3 actes, par MM. Th. Gautier et Saint-Léon. Musique de M. Benoist. *Vve Jonas*, 1851. — Théâtre de poche. *Librairie nouvelle*, 1855, in-12.
Éditions originales.

110. GAUTIER (Théophile). 6 vol. in-12, brochés (*Couvert.*).

Les Grotesques. *Paris, Michel Lévy*, 1856. — Ménagerie intime. A. *Lemerre*, 1869 (Édition originale). — Tableaux de siège, 1870-1871. *Charpentier*, 1881. — Histoire du romantisme, suivie de notices romantiques et d'une étude sur la poésie française, 1830-1868, avec un index alphabétique. *Id.*, 1884. — Le capitaine Fracasse. Édition définitive, 1884, 2 vol.

111. GAUTIER (Théophile). Le Tombeau de Théophile Gautier. *Paris, A. Lemerre,* 1873, petit in-4, portrait hors texte, broché (*Couvert.*).

Recueil de vers de V. Hugo, Leconte de Lisle, A. Silvestre, J.-M. de Heredia, F. Coppée, J. Aicard, L. Valade, A. Theuriet, A. Mérat, Sully-Prudhomme, L. Dierx, A. Glatigny, etc., etc.

112. GIRARDIN (Mme Émile de). Nouveaux essais poétiques, par Mlle Delphine Gay. *Paris, Urbain Canel, A. Dupont et Roret,* 1826, in-8 réglé, portrait, dos et coins mar. brun, non rogné.

ÉDITION ORIGINALE, bien imprimée sur papier vélin.

113. GLATIGNY (Albert). Les Vignes folles, poésies. Avec un frontispice de Charles Voillemot, gravé à l'eau-forte, par Bracquemond. *Paris, Librairie nouvelle,* 1860, in-8, cartonn. dos et coins toile verte, non rogné (*Couvert.*).

ÉDITION ORIGINALE

Sur le faux-titre, huitain, autographe, de l'auteur à M. Firmin Maillard.

On a joint à cet exemplaire un portrait de Glatigny, gravé à l'eau-forte par *F. Régamey.*

114. GLATIGNY (Albert). Les Flèches d'or, poésies. *Paris, F. Henry,* 1864, in-12, broché (*Couvert.*).

ÉDITION ORIGINALE.

Sur le faux-titre, envoi de Albert Glatigny à M. Verteuil.

115. GLATIGNY (Albert). Le Bois, comédie en 1 acte. *Bayonne, Librairie centrale,* 1868, petit in-12 de 20 p. — Pès de Puyane, maire de Bayonne, drame en 3 actes. *Ibid., Id.,* 1868, in-16 de VII et 44 p. — Ens. 2 plaquettes brochées (*Couvert.*).

ÉDITIONS ORIGINALES, rares.

116. GLATIGNY. 7 vol. et plaquettes in-12, brochés. (*Couvert.*).

Le jour de l'an d'un vagabond. *Nice, Gauthier et Cie,* 1869 (ÉDIT. ORIG.). — Le Bois, comédie. *Paris, A. Lemerre,* 1870. — Vers les saules, comédie, 1870. — Rouen (1431-1870). *Id.,* 1871 (ÉDIT. ORIG.). — Les Folies-Marigny, prologue. *Id.,* 1872 (ÉDIT. ORIG.). — Le compliment à Molière, à-propos en un acte. *Id.,* 1872 (ÉDIT. ORIG.). — Gilles et pasquins. *Id.,* 1872 (ÉDIT. ORIG.). — La Presse nouvelle. *Id.,* 1872 (ÉDIT. ORIG.).

On y a joint : Albert Glatigny, sa vie, son œuvre, par Job.-Lazare.

Avec un portrait à l'eau-forte, dessiné et gravé, par A. Esnault. *A.-H. Bécus*, 1878, in-12, br.

117. GONCOURT (Edm. et J. de). En 18.. *Paris, Dumineray*, 1851, in-12, cartonn. demi-toile orange, non rogné (*Couvert.*).

Édition originale.

118. GONCOURT (Edm. et J. de). — L'Amour au dix-huitième siècle. *Paris, E. Dentu*, 1875, in-16, texte avec encad., frontispice par Boilvin (Première édition séparée). — Les frères Zemganno (par Edmond de G.). *Charpentier*, 1879, in-12 (Édition originale. Envoi d'Edmond de Goncourt sur le faux-titre). — Ens. 2 vol. brochés (*Couvert.*).

119. GONCOURT (Edm. et J. de). La Lorette. Avec un dessin de Gavarni, gravé par Jules de Goncourt. *Paris, G. Charpentier*, 1883, in-16, papier de Holl., dos et coins chag. gren., non rogn. (*Couvert.*).

120. GONCOURT (Edm. et J. de). Journal des Goncourt. Mémoires de la vie littéraire 1851-1870. *Paris, Charpentier*, 1888, 3 vol. in-12, brochés (*Couvert.*).

Tomes 1 à 3.

121. GOUDEAU (Émile). Fleurs du bitume, petits poèmes parisiens. *Paris, A. Lemerre*, 1878, in-12, broché (*Couvert.*).

Édition originale.
Sur le faux-titre :

A Joseph Renaud,
Souvenir de l'auteur.

Émile Goudeau.

122. GOZLAN (Léon). Aristide Froissard. *Paris, Hippolyte Souverain*, 1844, 2 vol. in-8, dos et coins mar. bleu, fil., dos orné, tête dor., non rog. (*Rapartier*).

Édition originale, rare.
Bel exemplaire auquel on a ajouté une lettre autographe de Gozlan au Dr Petit, datée du 14 juin 1835, 2 p. in-4.

123. GUTTINGUER (Ulric). — Les Lilas de Courcelles. *Saint-Germain, de l'imprimerie de Beau*, 1842, in-8, broché (*Couvert.*).

Édition originale.

Sur le faux-titre :
Souvenir de l'auteur à son cher et honorable ami, M. Charles Nodier.

ULRIC GUTTINGUER.

124. HALM. Griseldis, poème dramatique en cinq actes, par F. Halm, traduit de l'allemand, par M. Millenet, de Gotha. *Paris, L. Curmer,* 1840, in-12, broché (*Couvert.*).

Frontispice de *Célestin Nanteuil,* gravé sur bois par *Porret* et tiré sur Chine.

125. HENNIQUE (Léon) et HUYSMANS (J.-K). Pierrot sceptique. Dessins de Jules Chéret. *Paris, Édouard Rouveyre,* 1881, in-8, pap. Wahtman, figures en noir et color., broché (*Couvert. illust.*).

ÉDITION ORIGINALE tirée à 312 exemplaires.

126. HOUSSAYE (Arsène). De profundis, par Alfred Mousse [A. Houssaye]. *Paris, Lecointe et Pougin,* 1834, in-8, broché (*Couvert.*).

ÉDITION ORIGINALE, très rare. Frontispice macabre, gravé à la manière noire par *Labouret.*
Mouillures.

127. HUGO (Victor). Le Sacre de Charles X, ode. *Paris, Ladvocat, s. d.* (1825), in-8 de 4 ff. prél. et 16 p., en feuilles, non rog.

ÉDITION ORIGINALE.
On y a joint :
1° Un portrait de Victor Hugo lithographié par *Delpech*;
2° Une lettre autographe de V. Hugo (3 pages) à Paul Foucher, son beau-frère, datée de Hauteville-House, 30 octobre 1861.
« Il le félicite de son drame l'*Institutrice* en même temps qu'il le prie de démentir les faux bruits répandus sur son retour actuel à Paris et de rappeler sa déclaration après l'amnistie. « Fidèle à cette « déclaration, je ne resterai en France qu'avec la liberté. »

128. HUGO (Victor). Odes et ballades, par Victor Hugo. *Paris, Ladvocat,* 1826, in-18, frontispice de Deveria, gravé par Ch. Mauduit, cartonn., mar. rouge, fil., dos orné, dent. int., tête dor., non rog.

On y a joint une lettre (2 p. in-16) de Victor Hugo à Paul Foucher, son beau-frère, par laquelle il le félicite de son nouveau livre : *La Vie de plaisir.* Elle est datée de Hauteville-House, 29 avril.

129. HUGO (Victor). Odes et ballades. Quatrième édition, augmentée de l'ode à la colonne et de dix pièces nouvelles. *Paris, Hector Bossange,* 1828, 2 vol. in-8, titres ornés d'une vignette sur bois de C. Cousin et 2 frontispices de Louis Boulanger tirés sur papier bleu, cartonn. toile, non rognés.

Première édition in-8 et en partie originale.
Cet exemplaire a les titres datés de 1828 au lieu de 1829 comme dans presque tous les exemplaires de cette édition.

130. HUGO (Victor). Büg-Jargal, par l'auteur de Han d'Islande. *Paris, Urbain Canel,* 1826, in-18, frontispice gravé à l'eau-forte par P. Adam d'après Deveria, demi-rel. veau brun, dos orné, entièrement non rogné (*Rel. de l'époque*).

Édition originale.
Un des quelques exemplaires imprimés sur papier vélin.

131. HUGO (Victor). Cromwell, drame. *Paris, Ambroise Dupont et Cie,* 1828, in-8, veau violet, comp. de fil. et encad. à froid, dos orné, tr. dor. (*Rel. de l'époque*).

Édition originale.

132. HUGO (Victor). Les Feuilles d'automne, par Victor Hugo. *Paris, Eugène Renduel,* 1832, in-8, frontispice par Tony Johannot gravé sur bois par Porret, mar. olive. comp. de 10 fil., brisés aux angles, coins ornés de feuillages à petits fers, dos orné, dent. int., tête dor. (*Lortic frères*).

Édition originale.
On y a joint un portrait de V. Hugo, gravé par *Hopwood,* et une lettre (1 page 1/2 in-8), autographe, adressée à « ses concitoyens » dans laquelle il s'excuse de ne pouvoir glorifier avec eux la date du 4 septembre à une séance à laquelle il est convié — datée de Paris 10 août 1876.

133. HUGO (Victor). Les Feuilles d'automne, *Paris, Eugène Renduel,* 1832, in-8, frontispice orné d'une vignette de Tony Johannot, gravée sur bois, par Porret, mar. olive, fil., dos orné, dent. int., tr. dor. (*Raparlier*).

Édition originale.
On y a ajouté une épreuve de la vignette tirée sans le texte.

134. HUGO (Victor). Lucrèce Borgia, troisième édition.

Paris, Eugène Renduel, 1833, frontispice de Célestin Nanteuil, sur Chine. — Marie Tudor. Troisième édition *Id.*, 1833, frontispice de Célestin Nanteuil, hors texte. — Lucrèce Borgia, drame. *E. Michaud,* 1843, frontispice par Louis Boulanger, gravé par W. et E. Finden. — Ens. 3 vol. in-8, brochés (*Couvert.*).

135. HUGO (Victor). Œuvres de Victor Hugo. Drames VII Angelo, tyran de Padoue. *Paris, Eug. Renduel,* 1835, in-8, mar. rouge, comp. de 5 fil., brisés aux angles, dos orné, dent. int., tête dor. (*Lortic frères*).

Édition originale.

On a joint à cet exemplaire 1 portrait de V. Hugo gravé par *Pollet.* — Une lithographie de *Célestin Nanteuil*, représentant Mme Dorval, rôle de Catarine Bragadini. — Et une lettre, autographe (2 p. in-8), de V. Hugo par laquelle il complimente vivement un de ses anciens collègues sur un livre que ce dernier vient de publier. Elle est datée de Hauteville-House, 16 mars.

136. HUGO (Victor). Œuvres complètes. Poésie. V. Les Chants du crépuscule. *Paris, Eugène Renduel,* 1835, in-8, mar. brun, fil. brisés aux angles, fleurons, dos orné, dent. int., tr. dor. (*Raparlier*).

Édition originale.

On y a ajouté un portrait de V. Hugo, gravé par *Pollet.*

137. HUGO (Victor). Œuvres complètes. Drame. Tome septième. Ruy Blas. *Paris, H. Delloye,* 1838, in-8, broché (*Couvert.*).

Édition originale.

Bel exemplaire.

138. HUGO (Victor). Œuvres complètes. Poésie VII. Les Rayons et les Ombres. *Paris, Delloye,* 1840, in-8, broché (*Couvert.*).

Édition originale.

La couverture porte *Duriez et Cie*, 1841.

139. HUGO (Victor). Les Burgraves, trilogie, par Victor Hugo. *Paris, E. Michaud,* 1843, in-8, dos et coins mar. bleu, tête dor., non rogné (*Pagnant*).

Édition originale.

140. HUYSMANS. Le Drageoir à épices, par Jorris-Karl

Huysmans. *Paris, E. Dentu,* 1874, in-18, demi-rel mar. gren., tête dor., non rogné, couverture (*Champs*).

Édition originale, très rare.
Sur le faux-titre :

à mon cher cousin et ami
Maurice Boveral
avec une bonne poignée de main.
J. K. Huysmans.

141. HUYSMANS (J. K.). Croquis parisiens. Eaux-fortes de Forain et Raffaelli. *Paris, Henri Vaton,* 1880, in-8, broché (*Couvert.*).

Cet exemplaire contient en plus des 7 eaux-fortes de l'édition, 2 figures de Forain, refusées par l'auteur, relatives au chapitre « les Folies-Bergère ».

142. HUYSMANS (J. K.). *Paris, Stock,* 1889-1902, 4 vol. in-12, brochés (*Couvert.*).

Certains 1889. — Là-Bas 1891. — La Cathédrale 1898. — De tout. 1902 (Éd. en partie orig.).
Éditions originales.
On y a joint un portrait de Huysmans par *L. Delatre.*

143. HUYSMANS. La Bièvre. Avec vingt-trois dessins et un autographe de l'auteur. *Paris, L. Genonceaux,* 1890, in-8 (Édition originale — La Bièvre et Saint-Séverin. *P. V. Stock,* 1898 (Édition en partie originale), in-12. — Ens. 2 vol. brochés (*Couvert.*).

144. HUYSMANS (J. K.). L'Oblat. *Paris, P. V. Stock,* 1903, in-12, broché (*Couvert.*).

Édition originale.
Un des 80 exemplaires imprimés sur papier de Hollande.

145. ITALIE, drame. *Paris, Just Tessier,* 1834, in-8 de x et 214 pages, frontispice de Gustave Morin, sur Chine, br. (*Couvert.*).

Eau-forte de *Gustave Morin,* sur Chine.

146. JACQUE (Ch.). Lettre, autographe, sig., à Delâtre, non datée, 1/2 pag. in-12.

L'imprévu de son travail l'empêche de connaître le jour de son retour. Il préviendra celui-ci.

147. JANIN (Jules). La Confession, par l'auteur de l'Ane mort et la femme guillotinée. *Paris, Al. Mesnier,* 1830

2 vol. pet. in-12, frontispice par A. Johannot, dos et coins mar. vert, fil., dos orné, tête dor. (*Raparlier*).

Édition originale.

148. JANIN (Jules). Barnave. Deuxième édition. *Paris, A. Levavasseur,* 1831, 4 vol. in-12, brochés (*Couvert.*).

149. JANIN (Jules). 6 vol. in 8 et in-12. br. et rel.

L'Ane mort et la femme guillotinée. *Paris, Delangle,* 1830, in-32, titre orné et frontispice, dos et coins mar. rouge, fil., dos orné, tête dor., non rog. (*Raparlier*)(Deuxième édition). — Discours de réception à la porte de l'Académie française. *J. Tardieu,* 1865, in-18. — Le Bréviaire du roi de Prusse. *Paris, Acad. des bibliophiles,* 1868, in-32, dos et coins mar. brun. — Les Amours du chevalier de Fosseuse. *J. Miard,* 1867 (Édition originale). — Le Livre. *H. Plon,* 1870, in-8 (Édition originale).

On y a joint: Jules Janin et sa bibliothèque. Notice bibliographique par A. de La Fizelière. *Techener,* 1874, in-8.

150. KERMEL (Amédée). Une âme en peine. *Paris, A. Levavasseur,* 1834, in-8, cartonn. dos et coins toile brune, non rogné.

Édition originale, ornée d'un frontispice de *Tony Johannot*, gravé par *Lacoste* et tiré sur Chine.

151. LAMARTINE. Méditations poétiques. Préface par Charles Nodier. Edition ornée de quatre vignettes gravées en taille-douce par MM. Ensom, Pourvoyeur, Rose et West et de six culs-de-lampe gravés sur bois par M. Thompson d'après les dessins de M. Alexandre Desenne. *Paris, Ch. Gosselin,* 1824, in-8, broché (*Couvert.*). — Souvenirs, impressions, pensées et paysages, pendant un voyage en Orient (1832-1833), ou notes d'un voyageur. *Ibid., s. d.,* 1835, 4 vol. in-18, fig. et carte, brochés (*Couvert.*) (Première édition, in-18). — Ens. 5 vol.

152. LASSAILLY (Charles). Les Roueries de Trialph, notre contemporain avant son suicide. *Paris, Silvestre,* 1833, in-8, broché (*Couvert.*).

Édition originale.
Bel exemplaire.

153. LATOUCHE (H. de). La Reine d'Espagne, drame

en cinq actes, représenté une seule fois sur le Théâtre-Français (5 novembre 1831). *Paris, A. Levavasseur*, 1831, in-8, lithographie de Barathier, broché (*Couvert.*).

Édition originale.

154. LATOUCHE (H. de). Vallée aux loups. Souvenirs et fantaisies. *Paris, A. Levavasseur*, 1835, in 8, dos et coins mar. gren., fil., dos orné, tête dor., non rogné (*Couvert.*).

Édition originale.

155. LATOUCHE (H. de). Adieux, poésies. *Paris*, 1844, in-12, broché (*Couvert.*).

Édition originale.

156. LECANU (A.). Chez Victor Hugo, par un passant. Avec 12 eaux-fortes par M. Maxime Lalanne. *Paris, Cadart et Luquet*, 1864, in-8, dos et coins mar. rouge, tête dor., non rog.

Édition originale.

157. LE SAGE. Histoire de Gil Blas de Santillane. Vignettes par Jean Gigoux. *Paris, chez Paulin*, 1835, gr. in-8, broché (*Couvert.*).

Premier tirage.

158. LONGUS. Les Amours pastorales de Daphnis et de Chloé, traduites du grec de Longus par J. Amyot. *Paris, Ant. Aug. Renouard, an* XII-1803, in-18, portrait d'Amyot gravé par St-Aubin, mar. bleu, fil., dos orné, dent. int., tr. dor. (*Thivet*).

On y a ajouté 24 figures parmi lesquelles la vignette de *Prudhon*, gravée par *Roger*, la suite de *Binet*, gravée par *Blanchard*, la suite des vignettes d'*Em. Lévy*, etc.

159. MAETERLINCK (Maurice). Serres chaudes. *Paris, Léon Vanier*, 1889, pet. in-8, frontispice et culs-de-lampe par George Minne, broché (*Couvert.*).

Imprimé à 155 exemplaires sur papier de Hollande.
Édition originale, rare.

160. MAETERLINCK (Maurice). La princesse Maleine,

drame en cinq actes. *A. Gand, chez Louis van Melle*, 1890, pet. in-8, broché (*Couvert.*.).

On y a joint une lettre de l'auteur à Rodolphe (Darzens ?) relative au journal *La Pléïade*.

161. MARTEAU (Amédée). Satires. Avec un frontispice dessiné et gravé par Bracquemond. *Paris, Poulet-Malassis et de Broise*, 1861, in-8, texte encadré d'un filet noir, broché (*Couvert.*).

Edition originale.
Bel exemplaire.

162. MAUPASSANT (Guy de). Clair de lune. Illustrations de Arcos, Boutet de Monvel, Gambard, Grasset, Jeanniot, Adrien Marie, Mars, Merwarth, Myrbach, Renouard, Rochegrosse, Tirado. *Paris, Ed. Monnier*, 1884, gr. in-8, broché (*Couvert. illust.*).

Première édition illustrée.

163. MAUPASSANT (Guy de). Bel-Ami. *Paris, Victor-Havard*, 1885, in-12, dos et coins mar. rouge, fil., dos orné, tête dor., non rogné, couverture (*Canape-Belz*).

Edition originale.
Exemplaire imprimé sur papier de Hollande auquel on a ajouté 7 aquarelles originales de F. Coindre, hors texte, sur papier du Japon.

164. MENDÈS (Catulle). Glatigny, drame funambulesque, en vers, mêlé de chansons et de danses. *Paris, Charpentier et Fasquelle*, 1906, in-12, broché (*Couvert.*).

Edition originale.
Un des 10 exemplaires imprimés sur papier de Hollande.

165. MERIMÉE (Prosper). Théâtre de Clara Gazul, comédienne espagnole. *Paris, H. Fournier jeune*, 1830, in-8, broché (*Couvert.*).

Edition en partie originale. Contient l'*Occasion* et le *Carrosse du Saint-Sacrement* de plus que la première.
Bel exemplaire.

166. MÉRIMÉE (Prosper). Colomba, par Prosper Mérimée. *Paris, Magen et Comon*, 1841, in-8, mar. rouge, comp. de 10 fil. entrelacés aux angles, fleurons, dos

orné, dent. int., tête dor., non rogné, couverture (*Lortic frères*).

Édition originale.
Très bel exemplaire (sauf la couverture qui a été réparée.)

167. MÉRY. L'Assassinat. Scènes méridionales de 1815. *Paris, Urbain Canel et Ad. Guyot*, 1832, in-8, frontispice par Tony Johannot, gravé par Thompson, broché (*Couvert.*).

Édition originale.
Bel exemplaire.

168. MOLIÈRE. Œuvres de Molière, précédées d'une notice sur sa vie et ses ouvrages par M. Sainte-Beuve. Vignettes par Tony Johannot. *Paris, Paulin*, 1835-1836, 2 vol. gr. in-8, brochés (*Couvert.*).

Premier tirage.

169. MONNIER (Henry). Lettre autographe, sig., à à M. Detaille, datée du 9 juin, 1864, 2 pag. in-8.

Il offre à celui-ci un exemplaire des *Bas-fonds de la Société* (qu'il a fait imprimer avec luxe à 100 fr. l'exempl.) et un croquis de M. Prudhomme.

170. MONSELET (Charles). A la famille royale. Marie et Ferdinand, poème. *Ch. Lawalle, Bordeaux*, 1842, plaq. in-8, 24 p., broché (*Couvert.*). — Le plaisir et l'amour. *Paris, F. Sartorius*, 1865, in-12, demi-rel. chag. rouge. — Triolets à Pincebourde. *Paris, aux environs du quai Voltaire*, 1872, in-12 de 8 p. br. (*Couvert.*). — Panier fleuri. Prose et vers. *Bachelin-Deflorenne*, 1873, plaq. in-12, br. (*Couvert.*). — Ens. 4 vol. et plaq.

Éditions originales.
On y a joint : A. M. Charles Monselet. Les Trois souhaits, suivis des baisers de Lesbie, imités de Catulle, par Charles Morizot. *Paris, Ch. Egrot*, 1867, plaq. in-8 (Imprimé à 200 ex.).

171. MONSELET (Charles). Histoire anecdotique du Tribunal révolutionnaire (17 août, 29 novembre 1792). *Paris, D. Giraud et J. Dagneau*, 1853, in-12, demi-rel. chag. noir (Première édition complète). — BENARD. Curiosités révolutionnaires. Les Affiches rouges. Reproduction exacte et histoire critique de toutes les affiches ultra-républicaines placardées sur les murs

de Paris depuis le 24 février 1848. *Ibid., Id.*, 1851. (Edition originale). — Ens. 2 ouv. en 1 vol. in-12, demi-rel. chag. noir.

172. MONSELET (Charles). Les Vignes du Seigneur. *Paris, V. Lecou*, 1854, pet. in-16, broché (*Couvert.*).

Edition originale, imprimée en caractères rouges. Rare.

173. MONSELET (Charles). Les Oubliés et les dédaignés Figures littéraires de la fin du XVIIIe siècle. *Paris, Poulet-Malassis et de Broise*, 1857, 2 vol. pet. in-8, brochés (*Couvert.*).

Edition originale.

174. MONSELET (Charles). La Lorgnette littéraire. Dictionnaire des grands et des petits auteurs de mon temps. *Paris, Poulet-Malassis et de Broise*, 1857, in-16, demi-rel. chag. vert, non rogné.

Edition originale.
Un des 30 exemplaires imprimés sur papier vergé.

175. MONSELET (Charles). La Cuisinière poétique. Avec le concours de MM. Méry, A. Dumas, Th. de Banville, Th. Gautier, etc. *Paris, Michel Lévy*, *s.d.* (1859), in-32. — Le Musée secret de Paris. *Id.*, *s. d.* (1859), in-32. — Les Aveux d'un pamphlétaire. *V. Lecou*, 1854, in-18. — Ens. 3 vol., brochés (*Couvert.*).

Editions originales.

176. MONSELET (Charles). Les Tréteaux. Avec un frontispice dessiné et gravé par Bracquemond. *Paris, Poulet-Malassis et de Broise*, 1859, in-12, frontispice de Bracquemond, broché (*Couvert.*).

Edition originale.

177. MONSELET (Charles). De Montmartre à Séville. *Paris, A. Faure*, 1865. — Portraits après décès. Avec lettres inédites et fac-simile. *Id.*, 1866 [Édition en partie originale]. — Chan allon. Histoire d'un souffleur de la Comédie-Française. Avec une gravure par Outhwaite d'après Bertall. *F. Sartorius*, 1872. — Mon dernier-né, gaietés parisiennes. *E. Dentu*, 1883. — De

A à Z. Portraits contemporains. *Charpentier*, 1888. — Ens. 5 vol. in-12, brochés (*Couvert.*).

EDITIONS ORIGINALES.

178. MONSELET (Charles). Les Créanciers, œuvre de vengeance. Avec une cruelle eau-forte d'Emile Benassit. *Paris, René Pincebourde*, 1870, in-8 de vi-45 pag., broché (*Couvert.*).

Un des 80 exemplaires imprimés sur PAPIER VERGÉ DE HOLLANDE ; frontispice en 3 états.

179. MOREAU (Hégésippe). Œuvres inédites. Avec introduction et notes, par Armand Lebailly. Eau-forte par G. Staal. *Paris, Bachelin-Deflorenne*, 1867, port. in-32. — Œuvres. Nouvelle édition, précédée d'une notice littéraire, par M. Sainte-Beuve. *Garnier frères*, 1876, in-12. — Ens. 2 vol., br. (*Couvert.*).

On y a joint : Hégésippe Moreau, sa mort, ses funérailles, sa tombe, par J. Moret. *Provins*, 1871, in-12 de 16 p. — Hégésippe Moreau et son Diogène, par Th. Lhuillier. *Charavay frères*, 1881, in-32, port. Ens. 2 vol. et plaq.

180. MURGER et la Bohème. 3 vol. in-12, br. (*Couvert.*).

Delvau (Alfred). Henry Murger et la Bohème. Eau-forte par G. Stall. *Paris, Bachelin-Deflorenne*, 1866. — Histoire de Murger, pour servir à l'histoire de la vraie Bohème, par trois buveurs d'eau (A. Lélioux, F. Tournachon dit Nadar et L. Noel). *R. Hetzel*, s. d. — Maillard (Firmin). Les derniers Bohèmes. Henri Murger et son temps. *Sartorius*, 1874.

181. MUSSET (Alfred de). Œuvres. *Paris, Charpentier*, 1867, 10 vol. in-32, portrait et fig. photog., dos et coins mar. orange, fil., dos orné, non rogné (*Pouget*).

Poésies, 2 vol. — Comédies et proverbes, 3 vol. — Confession d'un enfant du siècle. — Nouvelles et contes, 2 vol. — Littérature et critique. — Œuvres posthumes.

182. MUSSET (Paul de). Samuel, roman sérieux par M. Paul de Musset, auteur de la Table de nuit. *Paris, Eugène Renduel*, 1833, in-8, broché (*Couvert.*).

EDITION ORIGINALE, ornée d'un frontispice de *Célestin Nanteuil*, gravé à l'eau-forte et tiré sur Chine.

183. NERVAL (Gérard de). Choix des poésies de Ron-

sard, du Bellay, Baïf, Belleau, Du Bartas, Chassigney, Desportes, Regnier. Précédé d'une introduction par M. Gérard. *Paris, au bureau de la Bibliothèque choisie*, 1830 (ÉDITION ORIGINALE). — Poésies allemandes. Klopstock. Gœthe. Schiller, Burger. Morceaux choisis et traduits par M. Gérard. *Id.*, 1830 (EDIT. ORIG.). — Faust, tragédie de Gœthe, nouvelle traduction complète en prose et en vers, par Gérard. *Vve Dondey-Dupré*, 1835, frontispice gravé par A. Leleux d'après Rembrandt (Deuxième édition de la traduction de Gérard de Nerval, très différente de la première). — Ens. 3 vol. in-18, brochés (*Couvert.*).

184. NERVAL (Gérard de). Contes et facéties. *Paris, D. Giraud et J. Dagneau*, 1852. — Petits châteaux de Bohème. Prose et poésie. *Eug. Didier*, 1853. — Ens. 2 vol. in-18, br. (*Couvert.*).

EDITIONS ORIGINALES.

185. NERVAL (Gérard de). 7 vol. in-12, br. et rel.

L'Académie, satire. *Paris, Urbain Canel*, 1826, in-8, cartonn, demi-toile, non rog. — Voyage en Orient. *Charpentier*, 1851, 2 vol. — Lorely. Souvenirs d'Allemagne. *D. Giraud et J. Dagneau*, 1852 (EDIT. ORIG.). — Les Illuminés. Récits et portraits. *V. Lecou*, 1852 (ÉDIT. ORIG.). — La Bohème galante. *Michel Lévy*, 1855 (EDIT. ORIG.). — Le Rêve et la vie. Aurelia. Nicolas Flammel. L'Intermezzo, etc. *V. Lecou*, 1855 (EDITION en partie ORIG.).

On y a joint : ALFRED DELVAU. Gérard de Nerval, sa vie et ses œuvres. Eeau-forte par G. Staal. *Paris, Bachelin-Deflorenne*, 1865, in-18, br.

186. NICOLARDOT (Louis). L'impeccable Théophile Gautier et les sacrilèges romantiques. *Paris, Tresse*, 1883, in-12. — TOURNEUX (Maurice). Théophile Gautier. Sa bibliographie. Ornée d'une eau-forte de M. H. Valentin, d'après le portrait de Th. Gautier peint par lui-même en tenue des représentations de Hernani (1830). *J. Baur*, 1876, in-8 (Un des 10 ex. imprimés sur PAPIER DE CHINE). — Ens. 2 vol.

187. O'NEDDY (Philothée) (Théophile Dondey). Feu et flamme. *Paris, Dondey-Dupré*, 1833, in-8, frontispice de Célestin Nanteuil sur Chine, mar. rouge, fil., dos orné, dent. int., tr. dor., ébarbé (*Lortic*).

ÉDITION ORIGINALE.

188. O'NEDDY (Théophile Dondey). Lettre inédite de l'auteur de : Feu et Flamme sur le groupe littéraire romantique dit des Bousingos. *Paris, P. Rouquette*, 1874, in-8 de 16 p. — Poésies posthumes. *G. Charpentier*, 1877 (Un des 75 exemplaires imprimés sur PAPIER DE HOLLANDE). — Œuvres en prose. Romans et contes. Critique théâtrale. Lettres. *Id.*, 1878, portrait (Un des 30 exemplaires imprmés sur PAPIER DE HOLLANDE). — Ens. 3 vol. in-12 et in-8, br. (*Couvert.*).

EDITIONS ORIGINALES.

189. ORTIGUE (Joseph d'). Le Balcon de l'Opéra. *Paris, Eugène Renduel*, 1833, in-8, broché (*Couvert.*).

EDITION ORIGINALE.
Frontispice à l'eau-forte par *Célestin Nanteuil*, tiré sur Chine.

190. PENHOËT (Olivier et Tanneguy de). Polichinelle, drame en trois actes. Illustré par Georges Cruishanck. *Paris, aux bureaux de l'histoire pittoresque d'Angleterre*, 1836, in-12, demi-rel. veau viol.

EDITION ORIGINALE.

191. PETIT POUCET (le), revue de la littérature, des théâtres et des modes. Première année. Tome Ier. *Paris, Souverain, Pagnerre*, 1832, 13 livraisons en 1 vol. in-12, lithographies, broché (*Couvert.*).

Renferme de curieux articles sur le *Roi s'amuse*, de Victor Hugo, *Albertus*, de Th. Gautier, *Valentine*, de George Sand, etc.

192. PICTET (Adolphe). Une Course à Chamounix, conte fantastique par Adolphe Pictet, major fédéral d'artillerie. *Paris, Benjamin Duprat*, 1838, pet. in 8, figures, broché (*couvert.*).

3 figures sur Chine, hors texte, dont 2 gravées par *Porret* d'après *Tony Johannot* et 1 fac-simile d'un dessin-charge de *George Sand*.
EDITION ORIGINALE, recherchée.

193. POMMIER (Victor-Louis-Amédée). La République, ou le livre de sang. *Paris, Dentu*, 1836, in-8, broché (*Couvert.*).

ÉDITION ORIGINALE parue sans nom d'auteur.

194. POUYAT (Édouard). Les Étoiles. Nouveau maga-

zine, publié par Édouard Pouyat. *Paris, A. Johanneau*, 1834, in-8, frontispice, broché (*Couvert.*).

Édition originale dans laquelle se trouve imprimé, pour la première fois *Le Cadavre* par Lassailly.

Exemplaire contenant le frontispice de *A. Provost* qui ne se trouve pas dans l'ex. de la Bibliothèque nationale.

195. POUYAT (Édouard) et MÉNÉTRIER (Charles). Caliban, par deux ermites de Ménilmontant rentrés dans le monde. *Paris, A. J. Dénain*, 1833, 2 vol. in-8, eaux-fortes par Alfred Albert sur Chine, mar. rouge, jans., dent. int., tr. dor., sur témoins, couverture (*Raparlier*).

Édition originale.

Les couvertures sont plus courtes.

196. RABBE. Album d'un pessimiste, variétés littéraires, politiques, morales et philosophiques. Œuvres posthumes d'Alphonse Rabbe. Précédé d'une pièce de vers par Victor Hugo et d'une notice par L. F. L'Héritier. Publié par le neveu de l'auteur. *Paris, Dumont*, 1835, 2 vol. in-8, cartonn. dos et coins toile verte, non rognés, couvertures (*Raparlier*).

Édition originale.

Exemplaire contenant la notice par L'Héritier, qui manque presque toujours.

197. RAMEAU (Jean). Poëmes fantasques. Illustrations de Ary Gambard. *Paris, Ed. Monnier*, 1883, gr. in-8, pap. de Holl., broché (*Couvert.*).

198. ROCHE (Edmond). Poésies posthumes. Avec une notice par M. Victorien Sardou. Eaux-fortes par MM. Corot, de Bar, Herst, Michelin, Grenaud. *Paris, Michel Lévy*, 1863, in-12, broché (*Couvert.*).

Portrait d'Edmond Roche et 4 eaux-fortes hors texte.
Édition originale.

199. ROGIER (Camille). Lettre autographe, sig., à Gide, éditeur, écrite et datée de Paris, 22 septembre 1857, 1 pag. in-8.

Il demande à l'éditeur Gide de lui faire rechercher les livraisons qui lui restent de la Turquie.

200. ROLLAND (Amédée). Au fond du verre. *Paris,*

d'*Aubusson* et *Kugelmann*, 1854, in-16, de 106 p. et 1 f. pour la table, mar. bleu, dent. (*Couvert.*).

Édition originale.

201. ROLLAND (Amédée). Le Poème de la mort. *Paris, Librairie des auteurs*, 1867, gr. in-8, cartonn. demi-mar. noir, non rogné.

Édition originale.

202. ROLLINAT (Maurice). *Paris, Charpentier*, 1883-1903, 7 vol. in-12, brochés (*Couvert.*).

Les Névroses, 1883, portrait. — Dans les brandes, poèmes et rondels, 1883, portrait. — L'Abîme, poésies, 1886. — La Nature, poésies, 1892. — Les Apparitions, 1896. — Paysages et paysans, poésies, 1899. — En errant, proses d'un solitaire, 1903.

Éditions originales.

On y a joint : J. Pierre. Le vrai Rollinat. *Vanier*, 1904, in-8, portraits, broché.

203. ROMANTIQUES (Études sur les). 3 vol. in-12 et in-8, br. et rel.

Louis Bertrand et le romantisme à Dijon, par Henri Chabeuf. *Dijon, Darantière*, 1889, in-8. — Peintres et statuaires romantiques. P. Huet. Petits romantiques. L. Boulanger, E. Delacroix, Th. Rousseau, etc., par Ernest Chesneau. *Paris, Charavay*, 1880, demi-rel. toile. — Souvenirs poétiques de l'école romantique 1825 à 1840, avec notices, par Ed. Fournier. 4 portraits par M. Nargeot. *Laplace, Sanchez*, 1880, dos et coins chag. rouge, fil., tête dor., non rog.

204. ROSTAND (Edmond). Cyrano de Bergerac, comédie héroïque en cinq actes, en vers. *Paris, Charpentier et Fasquelle*, 1898. — L'Aiglon, drame en six actes, en vers. *Ibid., Id.*, 1900. — Ens. 2 vol. pet. in-8, brochés (*Couvert.*).

Éditions originales.

205. ROYER (Alphonse). Manoël, roman. *Paris, Abel Ledoux*, 1834, in-8, broché (*Couvert.*).

Édition originale.

206. ROYER (Alphonse). Venezia la bella. *Paris, Eugène Renduel*, 1834, 2 vol. in-8, mar. vert., fil., dos orné, dent. int., tr. dor., couvertures (*Raparlier*).

Édition originale ornée de deux très beaux frontispices de *Célestin Nanteuil*, gravés à l'eau-forte et tirés sur Chine. Couvertures doublées.

207. SACHET (Le). Nouvelles, par MM. Philarète Chasles, Jules A. David, Ernest Desprez, A. de Labrière, L. de Maynard, Ch. Rabou, Alphonse Royer. *Paris, Abel Ledoux,* 1835, in-8, cartonn. demi-toile verte, non rog. (*Couvert.*).

Envoi autographe d'Alb. de la Brière au verso de la couverture. Frontispice gravé à l'eau-forte par *Mlle Ledoux.*

208. SAND (George). 30 couplets pour 4 sous. Complainte sur la mort de François Luneau, dit Michaud, dédiée à M. Eugène Delacroix, peintre en bâtiments, très connu dans Paris. *La Châtre, imprimerie de P. M. Arnault, s.d.* (1834), plaq. in-8 de 8 pag., non rel.

La Complainte est précédée d'un procès-verbal signé Dudevant, maire. En novembre 1834, madame Dudevant (George Sand) n'était pas encore séparée de son mari.

Cette Complainte est devenue d'une extrême rareté.

Un ex. a été adjugé 70 francs à la vente Champfleury.

209. SAND (George). Les sept cordes de la lyre, par George Sand. *Paris, Félix Bonnaire,* 1840, in-8, broché (*Couvert.*).

Très bel exemplaire de l'ÉDITION ORIGINALE.

210. SAND (George). Un Hiver à Majorque. *Paris, Hippolyte Souverain,* 1842, 2 vol. in-8, cartonn. demi-mar. bleu, non rogné (*Couvert.*).

Bel exemplaire de l'ÉDITION ORIGINALE.

211. SAND (George). Aux riches. *La Châtre, typ. de A. Arnault,* plaq de 7 pag., datée du 12 mars 1848. — Un Mot à la classe moyenne, par George Sand. *Paris, Pagnerre, s.d.,* 4 pag. — Lettres au peuple. Deuxième lettre. Aujourd'hui et demain. *Hetzel,* plaq. de 8 p., datée du 19 mars 1848, 8 pag. — La Cause du peuple, numéro du 23 avril 1848. *Paulin et Lechevalier,* 16 pag. (contient 2 articles de George Sand : Socialisme. — La journée du 18 Avril.) — Ens. 4 pièces in-8.

On y a joint le nº du 28 mars 1890 de l'*Echo de l'Indre* qui contient la réimpression de la Complainte sur la mort de François Luneau.

212. SOULIÉ (Frédéric). Le Lion amoureux. Nouvelle édition illustrée de 16 vignettes dessinées par Sahib

et gravées au burin sur acier par Nargeot. Avec notice historique et littéraire par Ludovic Halévy. *Paris, L. Conquet*, 1882, in-18, broché.

Un des 350 exemplaires imprimés sur papier fin de Hollande.

213. TAMPUCCI (H.). Poésies d'Hippolyte Tampucci, garçon de classe au collège Charlemagne. *Paris*, 1832, in-16 carré de 211 pag., broché (*Couvert.*).

Edition originale, rare.

214. TAMPUCCI (H.). Poésies d'Hippolyte Tampucci. Nouvelle édition, augmentée de poésies nouvelles. *Paris, Paulin*, 1833, in-8, cartonn. rel. toile bleue, non rog.

Cette édition est ornée d'un frontispice de *Célestin Nanteuil*, gravé à l'eau-forte sur Chine.

215. TAMPUCCI (H.). Quelques fleurs pour une couronne, poésies nouvelles par Hippolyte Tampucci, ouvrier cordonnier, garçon de classe du collège Charlemagne, chef du bureau des Enfants trouvés à la préfecture de la Marne. *Paris, Chamerot. Châlons-sur-Marne, Boniez-Lambert*, 1847, in-12, broché (*Couvert.*).

Edition originale.
Sur le feuillet de garde :

Au citoyen E. Sue
témoignage de respectueuse sympathie pour le penseur et d'admiration pour l'écrivain

Hippolyte Tampucci.

216. THIERRY (Edouard). Les Enfants et les Anges, poésies. *Paris, A. Belin, Delaunay, Mesnier*, 1833, in-18, demi-rel. mar. bleu, dos orné, tête dor., non rogné.

4 eaux-fortes par *Joseph Thierry*.
Première édition. — C'est le volume le plus rare de la grande collection romantique (*Catalogue Champfleury*).

217. VERLAINE (Paul). Les Poètes maudits, Tristan Corbière, Arthur Rimbaud. Stéphane Mallarmé. *Paris, Léon Vanier*, 1884, portraits sur Chine. Edit. orig. — Romances sans paroles. Ariettes oubliées. Paysages belges. Etc. *Ibid., Id.*, 1891, plaq. — Choix de poésies. Avec un portrait de l'auteur par

Eugène Carrière. *Charpentier*, 1896. — Ens. 3 vol. et plaq. in-12, brochés.

218. VERLAINE (Paul). Invectives. *Paris, Léon Vanier*, 1896, in-12, broché (*Couvert.*).

Edition originale.

Un des 71 exemplaires imprimés sur papier de Hollande, contenant le manuscrit autographe de la pièce : *Compliment à un autre magistrat.*

219. VERMERSCH (Eugène). Saltimbanque et pantins. Réponse au Syllabus de M. A. Weill. *Paris, Sausset*, 1865, in-8 de 16 pag. — Le Grand Testament du sieur Vermersch. *Chez les principaux libraires et chez l'auteur*, 1868 (Edit. orig.). — Les Hommes du jour. Première série 150 portraits. *Madre, s.d.* (*Couvert. illust.*). — Les Binettes rimées. Dessins par F. Régamey. *Gayet, s.d.* (Edit. orig.). — Les Printemps du cœur. *Sausset*, 1865. — Les Incendiaires. *Londres*, 1871, *imprimerie du Qui vive à Cette*, 14 pag. (Edit. orig., rare). Ens. 6 vol. et plaq. in-12 et in-8, brochés (*Couvert.*).

220. VIGNY (Alfred de). Eloa, ou la sœur des anges. Mystère. *Paris, Auguste Boulland*, 1824, in-8, demi-rel. mar. bleu, tête dor., non rogné.

Edition originale, très rare.

221. VIGNY (Alfred de). Chatterton, drame, par le comte Alfred de Vigny. *Paris, Hippolyte Souverain*, 1835, in-8, frontispice par Edouard May, mar. rouge, fil., fleurons aux angles, dos orné, dent int., tr. dor., couverture (*Raparlier*).

Edition originale ; le faux-titre est doublé.

ESTAMPES

222. BOISSELAT, GIGOUX, GRANDVILLE, etc. — Vignettes et pièces diverses. Dix-neuf pièces.

223. BOULANGER (Louis). — Scène de la Saint-Barthélemy (H. B. 6). Grand in-fol. Très belle épreuve sur Chine. Rare.

224. — La Ronde du Sabbat (7). Grand in-fol. Belle épreuve.

225. — Le dernier jour d'un condamné (H. B. 3). Très belle épreuve.

226. — Attaque du lion. — Attaque du tigre. — Attaque de l'ours (23). Trois pièces. Très belles épreuves, sur Chine.

227. — Mazeppa. — Androclès. — Le Sommeil du lion. Les noces de Gamache, etc. Neuf pièces. Belles épreuves.

228. BRACQUEMOND, FLAMENG, DIAZ, DECAMPS. — Portraits et sujets divers. Vingt-cinq pièces. Belles épreuves.

229. BUHOT (Félix). — La Fête Nationale au boulevard Clichy (G. B. 127). Très belle épreuve sur Japon.

230. — L'Hiver à Paris (128). Très belle épreuve *avant la lettre,* sur Japon.

231. — La même estampe. Deux belles épreuves.

232. — Les Voisins de campagne. Belle épreuve, *avant les croquis dans la marge de droite,* timbrée. Encadrée.

233. — Frontispice pour les *Zigzags d'un curieux* (172), état *avec les croquis.* — La diligence de Beaucaire (110), état. — Paysages et objets d'art. Six pièces. Belles épreuves.

234. COROT (J.-B.-C.). — Souvenir de Toscane (A. R. 1). Belle épreuve.

235. DELAROCHE (d'apr. Paul). — Jane Gray. — Lord Strafford. Deux pièces par Henriquel-Dupont et Mercuri, se faisant pendants. Belles épreuves sur Chine.

236. DELATRE (Eugène). — *Six Pointes Sèches d'après Nature* (Le Mans et environs). Très belles épreuves

dans la couverture, *timbrées*. — Rues de Montmartre, 11 pl. — Adresses d'Aug. et Eug. Delâtre, 5 pl. Ensemble vingt-deux pièces. Très belles épreuves.

237. DEVÉRIA-GAVARNI (A.). — Clarck (H. B. 249), sur Chine. Rare. — Henri Monnier, sur Chine. — Gulnare. — Gavarni, par Nargeot. Quatre pièces.

238. DIVERS. Portraits et vignettes pour les œuvres de J. Janin. — Fac-simile d'aquarelle de Meissonier. — Enfoncé Racine, par Traviès. — Sujets divers, par Bouquet, Cruikshank, etc. Onze pièces.

239. — Vignettes et frontispices. — Sujets divers. — Un repas de Goules. — Le Maçon, etc. Vingt-sept pièces par Éd. May, Trimolet (état), E. Benassit, etc.

240. — Sujets divers. — Vues. — Vignettes. Quarante-deux pièces par Porret, Torné, Beaumont, Voisin, de Rudder, etc.

241. — Affiches par Moreau-Nélaton, Roedel, Dillon, Mucha, Grasset. — Croquis, de Capiello, extraits du *Figaro*. — La Main et la Rose, de Debucourt (contrefaçon).

242. GAUTIER (Th.), DELVAU (A.), BOREL (Petrus). — Portraits et vignettes pour les œuvres de Th. Gautier, P. Borel et Delvau. Vingt-trois pièces.

243. HADEN (F. Seymour). — Fulham sur la Tamise (18). Très belle épreuve.

244. HUGO (Victor). — Sujets divers, Programmes, Invitations, etc. Quarante-deux pièces relatives aux œuvres et au centenaire de V. Hugo.

245. JAZET-KŒNIG. — Ivanhoé. — Richard en Palestine. Deux pièces gr. in-fol. d'après Ch. Aubry et H. Lecomte, se faisant pendants. Belles épreuves.

246. JOHANNOT (Tony). — Soirée d'artiste — Une Scène de 93. — Scène de la Vendée, eaux-fortes. — Vignettes sur bois, pour Balzac, Drouineau, Eug. Sue, etc., etc. Ensemble vingt-cinq pièces. Belles épreuves.

247. MANET-BRACQUEMOND. — Portraits de Baudelaire. Cinq pièces. Très belles épreuves sur grand Chine, tirage à part de l'ouvrage d'Asselineau.

248. MERYON (Charles). — L'Arche du Pont Notre-Dame (L. Delteil, 25). Très belle épreuve, *avant la lettre.*

249. La Galerie Notre-Dame (26). Très belle épreuve avec le titre, mais *avant* le n° et l'adresse de Delâtre.

250. La Pompe Notre-Dame (31). Très belle épreuve, la lettre *non entièrement encrée.* — Le Petit Pont. — — La Tour de l'Horloge. — La Pompe Notre-Dame. Quatre pièces. Belles épreuves sur Chine.

251. — Rue des Chantres (40). Très belle épreuve.

252. Tombeau de Molière — Dédicace à R. Zeeman. — Vers à Eug. Bléry. Trois pièces. Très belles épreuves.

253. — Tourelle rue de l'École-de-Médecine — Ministère de la Marine. — Le grand Châtelet. — Passerelle du Pont-au-Change, après l'incendie de 1621. Quatre pièces. Belles épreuves. — On y a joint, le portrait de Meryon, par Flameng, et deux copies.

254. NANTEUIL (Célestin). — Bug-Jargal. — Le dernier jour d'un condamné. — Notre-Dame de Paris (H. B. 2-4). Trois pièces pour la première livraison des *Œuvres de V. Hugo*, de Renduel. Rares. Deux épreuves sont sur Chine, mais courtes de marges.

255. — Lucrèce Borgia, vignette, 1833 (5). — Marie Tudor, frontispice, 1833 (6). Deux pièces sur chine.

256. — Venezia la Bella, frontispices des T. I et II. 1834 (10-11). Deux pièces. Très belles épreuves, sur Chine.

257. Feu et Flamme, par Philotée O'Neddy, frontispice (12). Epreuve sur Chine, remontée.

258. — Décors pour le bal d'Alex. Dumas (20), sur Chine. — A. Dumas : Drames (22), Angèle (21). Trois pièces (deux remontées).

259. — Alex. Dumas : Drames, frontispice en 2 tons, sur Chine (23). — Impression en voyage, frontispice (31). Deux pièces.

260. — Frontispice du *Musée,* d'Al. Decamps (25). Très belle épreuve sur Chine. Rare.

261. — La Jolie Fille de la garde (30). Grand in-fol. Très belle épreuve sur Chine, tirée en deux tons. —

262. La même estampe, sur blanc, tirée en deux tons.

263. La même estampe tirée en un seul ton.

264. — Vignettes pour *La Bédouine,* de Poujoulat (43). Trois pièces, y compris une pl. *inédite,* très rare. Belles épreuves sur Chine (une remontée).

265. — L'Artiste, frontispice (32). — La Fuite en Égypte (42). — Hamlet, d'apr. Eug. Delacroix (56). Giotto (58). — La Fontaine de Jouvence (57). — La Butte Montmartre (44). — Amoroso (64). Sept pièces. Belles épreuves, quatre sur Chine.

266. — Frontispices pour le *Monde Dramatique,* 3 pl. — Don Juan de Marana. — Don Juan d'Autriche. — Une Famille du temps de Luther. Six pièces. Belles épreuves.

267. — Juives d'Alger, d'apr. Eug. Delacroix. — Vignettes pour Samuel, un Clair de lune, Catherine Howard. — Portraits de Mme V. Hugo, Petrus Borel, etc., etc. Sept pièces.

268. — Vignettes et frontispices divers. — Fête de nuit à l'Opéra-Comique. — Le Voleur de la Montagne. — Enrichetta. — Le Christ, etc. Seize pièces. Belles épreuves.

269. — Soldats jouant aux dés. — Marie. — Titre de la Revue des Peintres, etc. Dix-sept pièces.

270. — Rues de la Vieille-Lanterne. — Sujets divers et Titres de Romances. Trente-neuf pièces.

271. PARIS (Est. relatives à). — Vues de Paris. Vingt-huit pièces par Trimolet, Bonvin, Lalanne, Martial, etc., etc.

272. PORTRAITS. — Théophile Gautier. Onze pièces par C. Nanteuil, Thérond, Bouvenne, Jacquemart, Abot, etc. Belles épreuves.

273. — Girardin (Mme de). — Dorval (Mme). — Lamennais. — Musset (A. de). — Sand (George). — Vigny (A. de). — Daudet (A.). — Essler (Fanny), etc. Vingt pièces, plusieurs *avant la lettre*.

274. RAFFET (Aug.). — Le Rêve (86), *avant la lettre*, sur Chine. — Le Réveil (85). — Voyage en Russie. Quatre pièces, la première en belle épreuve.

275. ROPS (Félicien). — Frontispices pour les *Fleurs du Mal* (remonté), *Cafés et Cabarets*, *Gaspard de la nuit*, *Bas-fonds de la Société* et le *Grand et le petit trottoir*. Cinq pièces. Belles épreuves.

DESSINS

276. BAYARD (Emile). — Compositions pour le *Roi s'amuse*, de Victor Hugo. Trois beaux dessins à l'encre de Chine, rehaussés de gouache. *Signés*. Encadrés.

277. HERVILLY (Ernest d'). — Côteau de Chennevières, Giboulées. — Bras mort. Trois aquarelles *signées*, deux accompagnées d'une légende en vers.

278. RATTIER (L.) — Scènes diaboliques et croquis divers, 1840. Dix-huit dessins à la plume réunis en 1 alb. petit in-4. *Signés*.

ORDRE DE LA VACATION

Livres.	1 à 221
Estampes et dessins.	222 à 278

CHARTRES. — IMPRIMERIE DURAND, RUE FULBERT.

RED. :

19

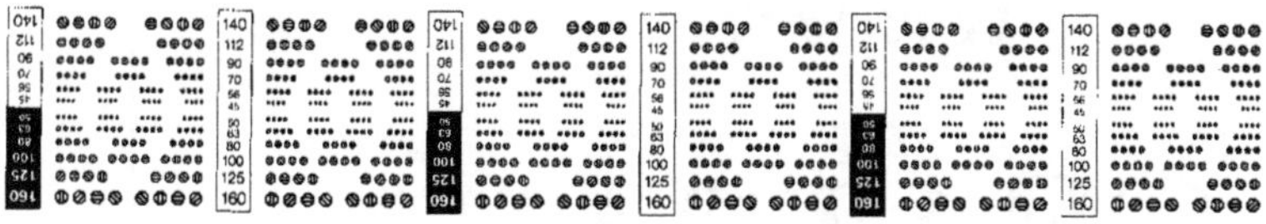

www.ingramcontent.com/pod-product-compliance
Ingram Content Group UK Ltd.
Pitfield, Milton Keynes, MK11 3LW, UK
UKHW020440180726
13839UKWH00004B/1568

9 782329 344478